水浒可好玩儿了

水浒可好玩儿了

上册

小葛兮兮◎著
锦绘◎绘

華文出版社
SINO-CULTURE PRESS

图书在版编目（CIP）数据

水浒可好玩儿了 / 小葛兮兮著；锦绘绘 . -- 北京：华文出版社，2023.3
ISBN 978-7-5075-5581-3

Ⅰ . ①水… Ⅱ . ①小… ②锦… Ⅲ . ①《水浒》－文学欣赏－少儿读物 Ⅳ . ① I207.412-49

中国版本图书馆 CIP 数据核字 (2022) 第 021122 号

水浒可好玩儿了

作　　者：小葛兮兮
插　　图：锦　绘
责任编辑：聂文聪
出版发行：华文出版社
地　　址：北京市西城区广外大街 305 号 8 区 2 号楼
邮政编码：100055
网　　址：http://www.hwcbs.cn
电　　话：总 编 室 010-58336239　　发 行 部 010-58336253 58336202
责任编辑 010-58336255
经　　销：新华书店
印　　刷：三河市元兴印务有限公司
开　　本：880mm × 1230mm　1/32
印　　张：12.5
字　　数：216 千
版　　次：2023 年 3 月第 1 版
印　　次：2023 年 3 月第 1 次印刷
标准书号：ISBN 978-7-5075-5581-3
定　　价：108.00 元（全二册）

序言

水浒一百单八将，凝集了中国人自古以来理想的精神与情感：出手光明磊落，赢得干干净净，输得坦坦荡荡；既有逆境迎风的品格，也不乏义胆侠心的品德。

这本《水浒可好玩儿了》可谓独具匠心，并非简单的“简写”，而是以儿童的思维与视角重新架构《水浒传》，分析人与事，为小读者呈现名著特有的艺术光辉。

书中规避了原著中的暴力场景、封建思想，将其精髓演绎得原汁原味：既保留精彩纷呈的武打场面，同时提炼分析人物性情，更有着勘破全局的通达。在阅读的同时引发孩子们的思考与共鸣，收获一种通达处事的智慧；又在智慧之外，传天下之奇，发现水浒之趣、水浒之美，堪称“水浒中的水浒”。

鲁迅说，《水浒传》中“有些地方，是能使读者由说话看出人来的”。这本小书借由原著“还原”人物，根据人物性格选择独具表现力的动物，精心勾勒出一幅幅动物形象英雄画，将一百零八条好汉的人物形象直观地传达给孩子，每一个都灵动鲜活，栩栩如生。

四大名著，是中国人的四种修行，也在某种意义上构成完整的人生之路。这本书秉承“有趣、有用、有思想”的原则，为孩子们把名著“变薄、变精准、变酷、变简单”。读此书、经此路，方可抵达持守自我、乐观光明的人生之境，感受书里书外开朗豁达、自在宁静的人生之趣。

是为序。

沈石溪

2023 年 1 月 1 日

引子

《水浒传》里，水泊梁山有一百零八条好汉，关于他们的故事，有很多人耳熟能详，就是我们的小学生也能随口讲述几段。但小朋友们对水浒人物的认识大多来自影视剧，真要读完大部头的《水浒传》原著，那实在是困难到头疼。可如果小朋友们看过这本《水浒可好玩儿了》，那就不一样了！

在这本书中，我们将一百零八条好汉的形象与指定的动物联系到了一起，既幽默好笑、增加阅读的乐趣，又能帮助小朋友们更直观地了解人物特征。全书按照一百单八将上梁山的顺序，以人物小传的形式，帮助小朋友们认识水浒人物，了解水浒故事，既是一部名著入门书，也是一本很有趣的课外读物。

《水浒传》的伟大之处，就在于刻画出了许许多多形象鲜活、性格迥异，同时又有血有肉的英雄人物。即便是过了几百年，其中的许多人物形象依然栩栩如生地“活”在我们心里。我们可以想象武松打虎时的英勇，可以体会鲁智深拳打镇关西时的酣畅，同样也能够感受到杨志走投无路时的无助、林冲被逼上梁山前的无奈。在这本《水浒可好玩儿了》里，我们将更加专注细致地去观察和了解这些英雄人物，走进他们行侠仗义的江湖生涯，走进他们替天行道的快意人生。

在读这本书的时候，我们能够明显感觉到，世界是广阔和复杂的，很多人并不能掌控自己的命运，即便他们武功高强、身居高位，也经常会被命运捉弄。我们难免会边读边想："我需要怎样去跟别人相处？""将来，我想要成为什么样的人？""我要避免成为什么样的人？"小朋友们如果有了这样的思考，那么就证明是在用心读书。

在本书中，我们将梁山好汉的形象画成了各种动物，为的是增加阅读乐趣，帮助小朋友们更直观地认识水浒人物。小朋友们在阅读的时候也可以想一想：这个人物和这个动物的联系到底好不好，准不准确？有没有更适合的动物形象可以替代？这是一个思考与批判的过程，希望小朋友们在这个过程中获得更好的思辨力。

最后，祝愿大家阅读快乐，生活精彩！

目录 上

目录 下

水浒

高俅

一肚子坏水儿的梁山公敌

动物形象 野鸡

人物简介 高俅是《水浒传》中的首席反派，人称高太尉，小混混出身，后来却飞上枝头变凤凰，当上了宋朝的“全军总司令”。这个阴险狡诈的奸臣仗着徽宗皇帝的宠信欺上瞒下，为非作歹，许多好汉都是被他逼上梁山的。

在认识梁山好汉之前，我们有必要先来认识一个人——高俅（qiú）。若不是他，恐怕也就没有《水浒传》的故事了。

高俅本是京城里的小人物。这家伙游手好闲，品行低下，人见人嫌，狗都不待见。要说他还有点儿长处的话，就是善于踢球，人称“大宋黄金右脚”。可惜当时没有职业联赛，要不然，高俅很可能会成为足球明星。

那时的高俅虽然是小角色，但他总是吹牛说：“总有一天，我要成为一个大人物。”

人们听了哈哈大笑，说：“野鸡还想变凤凰？简直痴心妄想！”

高俅不服气：“谁说野鸡不能变凤凰？我就给你们变一个！”

众人哄笑："你啊，最多变烧鸡、烤鸡、叫花鸡！"

高俅无话可说，但心里却一百个不服气。

一心想要出人头地的高俅，倒是先惹上了一桩大麻烦。

事情是这样的。高俅每天无所事事，只知道瞎玩儿。他不仅自己瞎玩儿，还带着王公子一起玩儿，"帮"王公子一起花他爹王员外的钱。王员外知道了此事，顿时火冒三丈，说："好你个高俅，带着我儿子不学好，把他往歪路上引，看我不收拾你……"于是，王员外便把高俅告到了衙门。

衙门里的人自然向着有钱的王员外，他们将高俅痛打一顿，警告他以后休要再不识好歹。

高俅的屁股差点儿被打开花，躺在家里好几天都下不了地。病床上，他满心愤恨，一恨王员外太过无情，二恨自己出身卑微。"挨打是因为我只是个小人物，哪天我出人头地，看谁还敢惹我！"

好不容易养好了伤，高俅赶紧给自己找了份工作——在王驸马手下当跑腿儿的。

一天，王驸马给高俅安排了个任务，让他到端王府跑一趟，给端王送礼物。这端王是王驸马的小舅子，也是皇帝的弟弟。

高俅来到端王府，见端王正在和一群人蹋球。他不敢打搅王爷，做出一副毕恭毕敬的样子在球场边上候着。端王爱踢球，球技却稀松平常，皮球落到脚下，他本想大脚射门，可踢出去的球却朝着球场外飞去。

说来也巧，皮球直接朝着高俅的头顶上飞了过来。高俅本来就是踢球的高手，看见皮球朝自己飞过来，忍不住施展球技——只见他轻身一跃，跳得老高，在空中用胸口停住球，然后将皮球灵巧地传回给端王，那皮球不偏不倚、不轻不重正好落到端王脚下。

高俅心里叫了一声好险，暗自想："多亏我球技高超，要是力量稍微大点儿，把皮球踢到端王脑袋上，我的脑袋恐怕就得搬家了。"

端王见高俅球技高超，非常高兴，便对他说："你也别给王驸马当随从了，从今天起，跟着我混吧。"从此，高俅成了端王的手下。

端王本是个不管事儿的王爷，要说治理国家的才能，那是半点没有，可要说写字作画、遛鸟踢球、吃喝玩乐，那简直是大宋朝第一名。端王爱玩儿，高俅善玩儿，这两人遇到一起简直就是王八看绿豆——对上眼儿了，高俅很快就成了端王的心腹。

不久之后，朝廷里出了一件大事儿——皇帝驾崩！一般

来说，皇帝死了，就得他的儿子接班，可这皇帝根本就没有儿子。大臣们商量了半天，最后决定让皇帝的弟弟端王当皇帝。就这样，不务正业的端王成了宋朝的新皇帝——宋徽宗。

正所谓“一人得道，鸡犬升天”。端王当了皇帝，自然不会亏待他的心腹高俅，这个昏君居然让高俅去做太尉。宋朝的太尉相当于“全军总司令”，大家想想，这高俅本是个游手好闲的小混混，现在却摇身一变，掌管了天下的兵马，国家还能有好？

高俅当上太尉，顿时扬眉吐气，为了彰显自己的地位，让别人都敬他、畏他，更是常常摆出一副高高在上、不可一世的嘴脸。谁若敢招惹他，他就会利用手中的权力大加报复；谁要是不给他行贿，他便会认为对方不把自己放在眼里，陷害对方……梁山泊上的很多好汉，都是被高俅逼得走投无路才上梁山的，最后不少人都死在了他手里。所以，在接下来的故事中，高俅作为头号反派会多次出现，我们不妨继续往下看。

地数

宋万·杜迁

水泊梁山先锋队

姓　名	宋万、杜迁
绰　号	云里金刚、摸着天
星　号	地魔星、地妖星
梁山排名	82、83
动物形象	黑熊、长臂猿
人物简介	宋万身材雄壮，皮肤黝黑，像极了黑熊，虽然长得唬人，但武功却一般，随梁山军队南征北战，没功劳也有苦劳；杜迁身高臂长，如同长臂猿一般，但战斗力也不怎么样，大多数时间都在梁山上“打酱油”。

宋万、杜迁，是一百零八个梁山好汉中最早上梁山的两个。他们一个犹如黑熊，肩宽体阔、力大无穷；一个长得好像长臂猿，虽然个头儿不大，但也是身形矫健、体格健壮，胳膊特别长。

这兄弟俩在江湖上本来也算是大名鼎鼎的恶人，但是自打上了梁山，他们就感觉很窝囊，因为当时梁山上的首领是一个叫王伦的家伙。

王伦本是书生，念了半辈子书也不开窍，文章做得稀松平常，可偏偏对自己的能力有不切实际的认识，还觉得自己才高八斗，能考上科举、入朝为官。于是，这位老兄拿着家里所有的钱，来到京城参加考试。事实无情地抽了王伦一个大嘴巴子，他花光了自己所有的积蓄，也没能考上科举。走投无路的王伦，听说江湖上有个人叫柴进，此人身份高贵，年少多金，专门喜欢招揽天下英雄，便去投奔他。

柴进也确实好客，让王伦住在自己的庄园里。那段时间，王伦天天都在想下一步该怎么办：继续参加考试吧，自己根本不是那块料，瞎耽误功夫；回家种田吧，自己一介书生，肩不能扛，手不能提，受不了耕作的苦。想来想去，王伦觉得只有一条路可走——上山当“土匪”。

他把自己的“天才”想法告诉了柴进。

柴进本是前朝皇族，只不过他的祖先被现在宋朝皇帝的祖先赶下了皇位，因此，心里恨透了当今的皇室，总想着给朝廷添点儿乱。他听说王伦想当绿林好汉，心想，这不就是一个给朝廷添乱的好时机吗？于是，他对王伦说：“你的想法很有创意，土匪是一份非常有前途的职业，我支持你。”

王伦很高兴，但却扭扭捏捏地说：“只不过，还有个难题需要解决。”

柴进问：“啥难题？”

王伦说："当绿林好汉自然免不了打打杀杀，可我不善此道……"

柴进大手一挥，说："没关系，我这里收留了两个无处容身的江湖高手，让他们跟你一起上山！"柴进所说的"江湖高手"，就是杜迁和宋万。

从此之后，杜迁和宋万便成了王伦的手下。三人带着几百个四处招揽来的小喽啰，一起上了梁山，落草为寇。那王伦虽然没什么本事，但挺会挑地方。梁山又叫水泊梁山，只因三面环水、背面靠山，躲在此处当真是一夫当关、万夫莫开。

杜迁、宋万两人自打跟着王伦上了梁山，心情就越来越差，因为他们总觉得跟着这样一个老大实在太没面子。一次，三人带着一伙小喽啰下山，去打劫一支押镖的队伍。他们埋伏在路两旁的小山包上，等那押镖的队伍经过，便从小山包上猛地跳下来，拦住对方的去路，让对方交"买路钱"。

只见杜迁、宋万从小山包上一跃而下，一个张牙舞爪、凶神恶煞，另一个身如铁塔、面似黑漆，早把对面的一伙人吓得魂飞魄散。对面的镖头战战兢兢地从人群里走出来，问："敢问二位是何方好汉？"

宋万声若惊雷地说："行不更名，坐不改姓，我们是梁山上的好汉！你识相的话，就把镖车上的金银财宝留下，我们绝不伤人。”

镖头声音颤抖地说：“二位，有事好商量，我想和你们的老大谈谈。”

“老大？对了，老大在哪儿？”宋万和杜迁两个人四处张望，只见王伦正屁股朝天、脸朝地，从小山包上往下出溜呢。

好不容易才从山上爬下来，王伦拍了拍身上的土，努力地装出一副凶巴巴的样子，走到人群最前面开口道：“我就是他们的老大，有什么话跟我说。”

刚才还吓得战战兢兢的镖师们瞪大了眼睛，过了几秒钟，居然爆发出一阵大笑，一个个前仰后合，笑得眼泪都流出来了。宋万和杜迁从来没有被人如此嘲笑过，顿时觉得自己身子都矮了一截。那王伦更是怒不可遏，大吼大叫：“笑什么笑？我们这儿打劫呢，严肃点！”

对方非但没有安静下来，还笑得更厉害了。王伦忍无可忍，大喊道：“兄弟们，给我上！”说完，他操起刀冲了上去，结果刚冲到镖头面前，就被对方一脚踢翻。多亏宋万、杜迁身手敏捷，救起王伦，还把对方打了个落花流水。

这件事情过去之后，杜迁、宋万心里更加郁闷了。

后来又发生了几件事，让杜迁和宋万意识到，王伦这个老大，不仅没本事，还没气量。第一件事是豹子头林冲上山，

希望可以加入梁山的队伍。这林冲武艺高强，不知道比杜迁、宋万强多少倍，二人对他非常佩服，自然是希望林冲成为“队友”。但王伦不同意，理由是他觉得林冲太厉害、太优秀，怕林冲抢了自己的位置。杜迁和宋万说了不少好话，王伦才勉为其难地留下林冲。

第二件事是晁盖、吴用他们一伙想要上梁山。王伦又怕对方抢了自己的风头，便对晁盖说：“你们都是大大的英雄，来我们一个小小的水泊梁山，怕是委屈了各位，所以还是请你们另寻他处吧。”

王伦说完这番话，顿时惹怒了一旁的林冲，这林冲拔刀便奔向王伦。杜迁和宋万两人早就看不惯王伦这个老大了，所以并没有阻拦林冲，眼睁睁看着王伦死在面前。

后来，梁山上又来了许多好汉，一个比一个有本事，中间还换了两次寨王——王伦死后晁盖当了寨王，晁盖死后宋江又当了寨王。晁盖和宋江都是很受人尊敬的大人物，杜迁和宋万一直对他们忠心耿耿。当然，作为梁山上的元老，杜迁、宋万虽然地位不高，却一直都很有存在感。

地煞 朱贵

水浒潜伏者

朱贵

姓　名	朱贵
绰　号	旱地忽律
星　号	地囚星
梁山排名	92
动物形象	鳄鱼
人物简介	朱贵的绰号叫“旱地忽律”，“忽律”的意思就是鳄鱼。他的行为也像极了鳄鱼——在梁山泊水边潜伏，一旦有人路过，便会出其不意地发起进攻。

朱贵上梁山的时间，只比杜迁和宋万晚了一点点。另外，他平时并不住在梁山上，而是住在梁山泊边上的酒馆里。

朱贵开酒馆，可不是“土匪”下山再就业，而是在为梁山打探行踪、传递信息。我们知道，梁山泊三面环水，别人想上梁山只能坐船，可是如果贸然上山，定会被山上巡逻的小喽啰们攻击，非常危险。那怎么办呢？只能先到山脚下的酒馆里找朱贵。如果朱贵同意你上梁山，就会用弓箭给山上巡逻的喽啰发个信号，你就可以安全上山了。这么说来，朱贵还兼着梁山“人事部经理”的职位。

一天，朱贵正在酒馆里忙活，外面走进来一个人。此人一看就不简单——全身白袍，虎背蜂腰，手持一杆长枪，腰间挎着一把腰刀。更关键的是，他脸上还刺着一行字——“选配江州牢城”。朱贵知道，脸上刺这种字的人，都犯下过重罪，理应被关在牢房中，所以此人一定是戴罪潜逃的凶犯。

朱贵给手下的酒保使了个眼色，说：“有客人到，小心伺候。”

酒保走上前去，问：“客官需要点儿什么？”

那人说：“一坛酒，你这里有什么下酒菜？”

酒保答道：“熟牛肉、肥鹅、嫩鸡。”

那人说：“先来二斤熟牛肉。”

酒保心想，好大的饭量！嘴上却说：“您稍等，马上就来。”

酒肉端上桌，那人狼吞虎咽，风卷残云一般吃喝光，开口便问酒保：“你知道水泊梁山怎么走吗？”

朱贵听闻此言，心想，原来这人是要到梁山上去，不知道他有什么企图？

酒保回答那人：“梁山就在这片湖泊中间，得坐船才能去。”

那人又问：“你有船吗？”

酒保不知道此人到梁山有什么目的，便谎称没船。

那人长叹一声，看起来挺失望的样子。他又叫了一些酒肉，也全都吃喝完了，看起来有些醉意，拿起笔在酒馆的墙壁上写了一首诗：

仗义是林冲，为人最朴忠。
江湖驰闻望，慷慨聚英雄。
身世悲浮梗，功名类转蓬。
他年若得志，威镇泰山东！

朱贵看了这首诗，才知道这人原来是鼎鼎大名的八十万禁军教头林冲。朱贵早听说他被大奸臣高俅陷害，流落江湖，现在他到此询问上梁山的路，一定是走投无路想要上山入伙。朱贵当然很愿意引荐他上梁山，但是在此之前，他想要和林冲开个小玩笑。

只见朱贵走到林冲身边一把扯住他，假装很凶地说：“现在官府正在追捕你，谁要能把你抓住，赏钱三千贯，今天可落到我手里了！”

林冲大吃一惊，说：“你知道我是谁？”

朱贵指着墙上的诗，说：“你都把名字写到诗里头了，我还能不知道？”

林冲一拍脑门儿:“酒喝太多，脑子坏掉了!”

朱贵暗笑，这家伙的脑子看起来不怎么灵光。

林冲问朱贵:“怎么，你要把我送给官府?”

朱贵哈哈大笑，说道:“怎么可能，我知道你林冲是条好汉，实不相瞒，我也是梁山上的一员，你若想上山，我可以帮你。”

林冲自然愿意，朱贵便带着他上了梁山。

当时梁山的头领还是王伦，此人知道林冲武艺超群，生怕他来到山上抢了自己的风头，便找借口赶林冲下山。他说:“我们梁山上的房子不够住，粮食也没多少，怕委屈了林冲兄弟，您还是另找别处落脚吧。”

林冲说:“条件不好没事儿，我能吃苦。”

王伦又说:“我不忍心让兄弟吃苦，你还是找个更好的地方落脚吧。”

一旁的朱贵忍不住说:“房子少咱们可以盖，粮食不够咱们可以想办法，林冲兄弟就一个人，谅他还能吃多少?他现在走投无路，咱们梁山不收留他，让他去哪儿?”

王伦无话可说，心里恨朱贵恨得牙痒痒，可是话都说到这儿了，他也不好再赶林冲下山，只好答应让林冲留下来。

后来，朱贵又陆续把很多英雄好汉领到了梁山上。凡是

朱贵

想上梁山的人，都得先找到朱贵，才能安全抵达。当然，如果不是江湖中人，不小心踏入了朱贵开的酒馆，便很可能被洗劫一空。这朱贵，就如同梁山泊边上的鳄鱼，悄悄地潜伏在暗处，观察着过往行人。

天罡

林冲

被命运摆布的可怜人

姓　名	林冲
绰　号	豹子头
星　号	天雄星
梁山排名	6
动物形象	雪豹
人物简介	林冲被高俅欺压陷害，本打算忍气吞声，但无奈对方得寸进尺，想要杀害他。他终于忍不住爆发，在山神庙中冒着风雪连杀两名高手。那一刻，他已经化身嗜血的雪豹，在大雪中找回了自己的血性。他是梁山“马军五虎将”之一，属于梁山最强战力之一。

林冲就是那种大家都羡慕的人，长得帅，武功高，工作好，八十万禁军教头。更让人羡慕的是，他还娶了个漂亮媳妇儿。林冲的妻子姓张，长得沉鱼落雁、闭月羞花，要是嫁个稍微普通点儿的人，都可以说是“一朵鲜花插在了牛粪上”，幸好她嫁给了林冲。

一天，林夫人带着小丫鬟到庙里烧香，遇到了一个无赖。这无赖看林夫人漂亮，便拦住去路，不让她回家。此时林冲赶到，见有人欺侮夫人，当然很生气，抡起拳头就朝那人打了过去。当时，林冲的拳头离无赖的脸只有一寸的距离，可最后还是没落下去，因为林冲猛然发现，这无赖不是别人，正是高衙内。

林冲怕高衙内，不是因为高衙内武功高强，就他那点三脚猫的功夫，十个八个的，林冲也不在乎。林冲怕的是高衙内的干爹——高俅。高俅不是好人，他的干儿子跟他正好蛇鼠一窝，此人有个绰号叫“花花太岁”，平日里就喜欢调戏妇女，是京城一霸。

话说高衙内见林冲怒气冲冲地奔了过来，朝自己挥起了沙包大的拳头，吓得赶紧闭眼缩脖子，大叫道：“林教头饶命。”可是，等了半天，预期中的一顿老拳并未到来。他放大胆子睁开眼，看见林冲虽然气鼓鼓的，但是拳头悬在半空，并没有落下来。高衙内立刻明白过来：“这林冲是怕我干爹，因而不敢打我。”

刚才还一副狼狈样的高衙内，瞬间又得意起来，他满不在乎地对林冲说：“原来这小娘子是你媳妇，那我今天放她一马！”说完大摇大摆地走了。林冲看着高衙内的背影，恨不得上去就是一脚，但高俅是他的顶头上司，林冲生怕遭到打击报复。

通过此事，无赖高衙内看明白了——别看林冲武艺高强、能征善战，可他不敢惹高太尉。这之后没多久，高衙内便设计陷害林冲，让官府定了林冲的罪，将他发配沧州。

林冲知道，自己之所以获罪，是高俅蓄意陷害，但是他仍然不敢与高俅作对，只能自怨自艾地认命，被官差押送到了沧州。

到了沧州，林冲被安排去看守一个草料场。其实，这也是高俅、高衙内的阴谋，那草料场在荒郊野外，只要趁林冲在里头熟睡放一把火，就算他林冲长了翅膀，也别想从里面活着出来。

林冲来到草料场，发现自己住的那间房子八面漏风，当时正是风雪天，睡在这房子里怕是要冻死人。于是，林冲找了一间破庙，顺便买了些酒肉，打算吃饱肚子在这凑合一晚上。

半夜的时候，不远处火光冲天，林冲见起火的正是草料场。此时他绝望到了极点，因为草料场失火肯定由他负责，官府必定会重重治罪，到时候恐怕难有活路。

正当林冲悲愤无奈时，突然听见庙门外有人在说话。

一人说：“烧了草料场，料他林冲也插翅难逃，他一死，那小娘子还不任由高俅摆布？”

另一人说:“就算没有烧死他，草料场失火，林冲也难逃罪责，还是得死。”

还有一人说:“高俅这条计策简直是万无一失，那林冲遇上高俅，真是倒了八辈子霉。”

林冲听见这番话，内心充满愤恨。他终于明白，即便自己处处忍让，那高俅父子也不会放过自己，他们一定要把自己逼到绝路上才肯罢休。现在，林冲已经无路可走，他决定奋起反击。只见林冲拿起长枪，一脚踹开庙门，大步流星走到那三人面前。此时的林冲，已经下定决心要除掉他们，眼中流露出决绝的神情，就像雪豹紧盯猎物时的眼神。

电光石火间，四个人打成了一片。林冲一人面对三人，却浑然不惧，就如同雪豹杀进羊群，不一会儿工夫就把三人全杀死了。

草料场着火，又杀了高俅的人，林冲已经走投无路，只好上了梁山——那个最想过安稳日子、最能忍受不公的林冲，变成了令人闻风丧胆的“梁山匪寇”！

后来，梁山上的好汉越来越多，梁山的势力也越来越大，他们甚至在一场战斗中生擒了高俅本人。林冲听到这个消息后别提多高兴了，高俅是他最大的仇人，他恨不得把这个该死的家伙碎尸万段。林冲兴冲冲地去报仇时，却被当时梁山

山神庙

的首领宋江给拦住了。原来，宋江想要放了高俅，让高俅去皇帝面前帮梁山说好话，求皇帝赦免梁山好汉的谋反罪。

面对宋江的劝说，林冲只好放下手中的刀，眼睁睁地看着高俅离开梁山。

在高俅的陷害之下，林冲一退再退，最终走投无路，上了梁山；在宋江阻止自己报仇的时候，林冲还是选择退步，最终失去唯一的报仇机会。他虽然武功高强，几乎没有对手，但却总是在忍让、在退却。性格决定命运，林冲的懦弱最终决定了他的悲剧人生。

晁盖

不是“好汉”的好汉

姓　名	晁（cháo）盖
绰　号	托塔天王
星　号	未入一百单八将，无星号
梁山排名	死得早，无排名
动物形象	大象
人物简介	托塔天王力大无穷，像极了大象。他是继王伦之后的梁山第二任头领，但是由于死得早，所以没有列入一百零八好汉的排名。

晁盖本来可以做一辈子的富家翁，但他觉得那样的生活不够刺激，他理想中有一种人生叫“江湖”。晁盖想象中的江湖，虽然充满危险，但是有很多英雄好汉，他们自由自在、快意恩仇，他想成为那样的人。为了能够成为一个“江湖人”，他从小习武，练就了一身钢筋铁骨。

有一年，隔壁村庄的人传言说河里有水鬼。为了驱邪避祸，他们请人雕刻了一座很大的青石塔，放到河边震慑水鬼。事情传到晁盖他们村子之后，村民们都很不高兴，觉得隔壁村用青石塔驱赶水鬼，水鬼就会跑到自己村子里，很多人因此感到害怕，却又没有什么好办法。

晁盖对大家说："不要担心，我去摆平这件事。"他独自一人来到隔壁村，找到了那座青石塔，当着对方村民的面，以一己之力将硕大的青石塔搬到了自己的村庄……隔壁村的人被眼前的一幕惊呆了，没人敢上前阻拦。

事后，有人问隔壁村的人："你们的青石塔被晁盖搬走了，怎么不去要回来？难道你们不怕水鬼了吗？"

隔壁村的人说："水鬼固然可怕，但晁盖更可怕，我们可不想招惹他。"

这件事情之后，人们给晁盖起了个绰号，就叫"托塔天王"。有了威风凛凛的绰号，晁盖感觉自己已经是江湖上的大侠了。

既然是大侠，就要有大侠的样子——凡是江湖上的朋友有求于他，他一定倾力相助。此后，晁盖结交了许多江湖人物，其中就包括号称"智多星"的吴用。

很多时候，一个人交什么样的朋友，便会有什么样的命运。

吴用虽然外表看起来是个书生，实际上却是一个专门和官府对着干的江洋大盗，他还把许多江湖上的朋友介绍给了晁盖，这伙人都知道晁盖武功高强，因而将他奉为首领。

后来，在吴用的策划之下，晁盖带队抢了地方官送给朝廷大官的生辰纲，那可是好几车的金银财宝，这下子彻底惹怒了官府，派了大批官军围剿晁盖一伙人。他们十几个人走投无路，只好跑到梁山上。

当时梁山上的头领正是王伦。大家想想，之前林冲上梁山的时候，王伦尚且怕被抢了位置，现在晁盖他们十几个好汉都想上梁山，那王伦不只是害怕了，而是恐惧！所以，他又开始想办法赶晁盖、吴用等人下山，还是那老一套的说辞："我们梁山上的房子不够多，粮食也不够吃，怕委屈了您几位英雄好汉，我给你们一点儿钱，你们下山去另寻出路吧。"

王伦这番话说出口，旁边的林冲首先不高兴了。他想起当初王伦对自己也说过同样的话，目的就是要把自己赶走。林冲越想越气，忍不住说："当初我上山的时候你就这么说，现在晁盖哥哥他们上山来，你又这么说，分明就是容不下我们！"

王伦是梁山上的首领，却被林冲如此批评，他感觉自己的权威遭到了挑战，扯着嗓子大声骂林冲："你是个什么东西，敢这么对我说话！"

一旁的吴用最狡猾，他假装劝架说："二位息怒，不要因为我们伤了和气，更不要动刀杀人啊！"

林冲原本没想和王伦火并，吴用的话反而提醒了他，只

见他手起刀落，那王伦便倒在了血泊中。

王伦死后，梁山上没了领导，晁盖想让林冲当新头领，但林冲却说："我杀王伦，是因为他不讲江湖义气，如果我自己当了头领，旁人还以为我杀他是为了抢他的位置。我觉得晁盖哥哥最适合当这个头领！"

就这样，晁盖成为梁山上的新头领。

几年后的一天，有人对晁盖说："我本来准备把一匹宝马献给你，结果却被一家姓曾的兄弟抢跑了。他们还说你们梁山上没有什么了不起的人物，就是一帮乌合之众——包括晁盖。"

晁盖听了这番话，顿时火冒三丈，在他的心目中，梁山在江湖上的赫赫威名绝不容许他人轻视，当即决定带领人马攻打曾家兄弟。在与曾家兄弟作战时，晁盖中了对方的诡计，不幸殒命。

临死时，一生中所经历的种种往事都在晁盖的眼前"回放"了一遍，最后，画面定格在他举起青石塔的那一个瞬间。晁盖心中似乎响起一个声音："江湖险恶，何苦来哉？"

天罡 吴用

其实可“有用”了

姓　名	吴用
绰　号	智多星
星　号	天机星
梁山排名	3
动物形象	狐狸
人物简介	作为梁山上的主要智囊，吴用这只老狐狸极其聪明。如同狐狸一样，虽然战斗力一般，但却是非常危险的动物。

吴用从小到大最烦恼的一件事，就是这个名字。他总也想不通，饱读诗书的父亲怎么会给自己取这么一个“无用”的名字。

一转眼，吴用到了可以参加科举考试的年龄。此时的他学有所成，满腹经纶，对自己的未来充满期待，立志要一展宏图，为大宋王朝的建设添砖加瓦。

吴用到了京城，别的考生都在找门路巴结高官，结交名师，只求在考试时可以加点分。而吴用呢，既不去拜会，也不去送礼，只想用实力说话。

吴用并非盲目自信，他确实才华横溢，写的文章在众多考生中一下子就脱颖而出，完全有做状元的资格。只是当时朝廷腐败，贪官当道，他们觉得像吴用这样“不懂规矩”的人，如果入朝做了官，也不会好好听话。于是，一个叫蔡京的大官在早朝时对皇帝说：“吴用的文章虽然写得好，但他的名字不吉利。如果真让他做了状元，岂不有损国家的脸面？”昏庸的皇帝竟然下令：朝廷永远不录用吴用这个人。

吴用做梦也没有想到会是这样的结果，自己的满腔热血竟换来一个报国无门的下场。这么多年来，他夜晚伴着烛火、清晨闻着鸡鸣地寒窗苦读，竟被朝廷这样荒唐地拒之门外。吴用心中充满了愤恨，他恨朝廷黑暗，恨皇帝昏庸，恨贪官横行，这官不做也罢！天下之大，难道就没有他一展宏图的地方了吗？

后来，吴用投靠了好朋友晁盖，找了份教书先生的工作。生活就这样平静又单调地过着，有时他也会问自己：想我自小饱读诗书，想着做一番惊天伟业，如今却报国无门，难道一生就这样在柴米油盐中蹉跎（cuō tuó）吗？真是可悲也可笑！

直到有一天，晁盖问他要不要做一件“大事”。原来，他得到消息，“青面兽”杨志近日会押送一批金银财宝路过黄泥岗，这批财宝是从老百姓身上搜刮来的不义之财，却要被送去京城给贪官蔡京做寿礼。如果他们能抢下来救济穷苦百姓，

那也算是一件大好事。

吴用一听是给贪官蔡京的礼物，又想到如今朝廷是如何昏庸，百姓是怎样受苦，马上就对晁盖说他愿意参加。之后，他们又找来了公孙胜、刘唐、阮氏三兄弟等人。

但是谁都知道，“青面兽”杨志不但武艺高强，为人也非常谨慎，要想从他手里抢这批财宝可不是件容易的事。七人冥思苦想，最终还是吴用想出了一个妙计。

这一天，“青面兽”杨志和下属们押送着十担子的金银财宝经过黄泥岗。已经连续赶了几天路的下属们都是风尘仆仆，口渴难耐，看见这地方正好树大成荫，于是不顾杨志的反对纷纷坐下来休息。

这时，一个挑担子卖酒的人正好经过，也放下酒担子坐下来纳凉。不用说，此人自然是吴用派来的。酒香四溢，杨志的下属们闻着香味一个个都馋得不行，提出想买点来解渴。处处小心的杨志怕酒中有毒，拒绝了他们的请求。

恰巧这时又路过几个贩卖枣子的商人，他们二话不说买了酒，一桶酒很快被喝完了。没错，这几个商人也是吴用那些人假扮的。

杨志的下属们看着别人大口喝酒，而自己却渴得喉咙冒烟，一下子大家都愤愤不平。这时，那几个贩枣商人跟卖酒的老板因为第二桶酒的价钱起了争执，场面一下子吵闹起来。

青面兽杨志看着这些人闹闹哄哄，看起来确实只是普通的商贩，酒已经被他们喝过了，应该没什么问题，于是同意了下属们去买酒喝。这下子下属们可高兴坏了，马上争先恐后地喝起酒来，杨志自己也忍不住喝了一些，可喝完没一会儿，他就觉得头晕脚软，再定睛一看，他的下属们已经一个个都瘫倒在地上了。青面兽杨志心里“咯噔”一下，知道是中计了，可惜为时已晚。

就这样，吴用一行人不费一兵一卒就把这批财宝抢到手了，大家都很佩服吴用。那么，他们到底是什么时候下的迷药呢？原来，这两桶酒原本都是普通的酒，他们故意在杨志面前喝完了一桶多，目的就是证明酒无毒，问题出在发生争执的时候。当时场面混乱，谁都不会想到剩下的酒被撒了蒙汗药。

这个计谋妙就妙在吴用充分利用了当时的环境以及杨志和下属们的心态，真可谓神机妙算。

因为做了这件“大事”，吴用和晁盖他们自然受到官府的追捕，被逼无奈只得逃上梁山。在梁山上，大家都佩服吴用的聪明才智，让他做了军师，还给了他一个“智多星”的绰号。吴用第一次体会到自己是个有价值的人，他再也不是“无用”之人了。

公孙胜

我本神仙，奈何做贼

姓　名	公孙胜
绰　号	入云龙
星　号	天闲星
梁山排名	4
动物形象	龙
人物简介	公孙胜本是云游四方的道士，神龙见首不见尾。他身高八尺，相貌堂堂，背着松文古铜七星剑，虽然武功一般，但是却有呼风唤雨、腾云驾雾的法术，帮助梁山渡过许多难关。

公孙胜是个道士，仙气飘飘的那种道士，他一直觉得自己能够修成正果、得道成仙，但是师父却对他说："你得去做山贼。"

公孙胜一脸问号，说："我的理想是成仙，您却让我去做贼，未免太离谱了吧？"

师父说："命中注定的事儿，没办法。你原本是一百零八个魔王中的一个，几百年前被有道高人镇压在地下。后来，有人解除了封印，你们这一百零八个魔王，注定要在梁山聚义，这是你们的宿命。虽然你已经将心中的魔性修炼成道心，

但是若不能完成聚义，你就无法逃脱自己的命运。”

公孙胜很相信自己的师父，说：“好吧，既然这样，那我就下山去了，我要尽量找到剩下的那一百零七个人，帮助他们早日上梁山。”

公孙胜下山之后，很快就找到了第一波魔王——吴用等人。当时，吴用正在和晁盖、刘唐、阮氏三兄弟、白胜这六人商量着去抢劫生辰纲。除了晁盖之外，其余六人都是一百零八个人中的一员。公孙胜找到他们之后，帮助他们抢了生辰纲，然后这伙人就遭到官府缉拿，不得已上了梁山。

不久之后，公孙胜又参与了营救宋江的行动，宋江他们一伙十几人也上了梁山。

没用多长时间，梁山上已经聚齐了几十位魔王，公孙胜的计划很成功。不过，他觉得他很难在梁山久住下去，在他眼里，梁山上的这些所谓的好汉，就没有几个正常的家伙。

那黑旋风李逵（kuí），整个儿就是一个头脑简单、四肢发达的莽夫。在公孙胜看来，李逵这种身体好、脑子差的人是最可怕的，就好像一个不懂事的小孩子，手里却抱着一桶火药，你也不知道他会把火药桶扔给谁。

还有智多星吴用，公孙胜对他也没有好印象。这家伙看起来总是一副笑眯眯的样子，但公孙胜知道，此人内心阴暗，啥阴谋诡计都能使出来。要说危害人间，他恐怕比李逵更胜一筹。

还有宋万、杜迁、刘唐等一干人等，也全都是喊打喊杀、手段粗暴的家伙。让公孙胜这样一个修道的世外高人，天天和这么一帮土匪混在一起，的确有点勉为其难。终于有一天，他忍受不了了，便对梁山上的兄弟们说：“我要回家看望我娘，暂时不回来了。”其实，他就是想落个清静。

公孙胜离开梁山很久，都没有再回去，直到宋江攻打高唐州时遇到麻烦，才又想起了他。

宋江攻打高唐州的原因挺复杂的，简单来说就是：高唐州有个人叫殷天锡，殷天锡的姐姐嫁给了一个叫高廉的人，这个高廉是高俅的弟弟，如此一来，殷天锡和高俅就攀上了关系。他仗着高俅的势力，在地方上为非作歹，甚至欺负到了梁山的好朋友柴进的头上，还把柴进打了一顿。

也是该着殷天锡倒霉，他打柴进的时候，李逵正在柴进家做客，头脑简单的李逵可不管他是谁的亲戚，直接就把他给打死了。

李逵打死了殷天锡，高廉自然不肯罢休。他把柴进抓了起来，准备害死柴进。梁山上的好汉们为了营救柴进，发兵攻打高唐州。谁承想，这高廉居然会法术，他用法术打败了

梁山的军队。

此时，宋江想起了公孙胜。他知道公孙胜法术高强，一定可以打败高廉，于是叫李逵、戴宗二人去请公孙胜出山。

本来公孙胜不愿意再掺和梁山的事儿，但李逵威胁他要杀了他的母亲。公孙胜知道李逵什么事儿都做得出来，只好答应出山，帮助梁山击败高廉。经过这件事情，梁山上的人都知道公孙胜法力高强，关键时刻能起大作用，所以要他留在山上。公孙胜虽然不愿意和这帮家伙待在一起，但是因为他杀了高俅的弟弟，得罪了朝廷，梁山外已经没有他的容身之处了，因此只能留在山上。

从此之后，公孙胜成了梁山上最“抑郁”的人，嘴里天天念叨着一句话——“我本是神龙见首不见尾的神仙人物，奈何现在却当了山贼，苦啊苦啊！”

天罡

刘唐

彪悍的人生没时间解释

姓　名	刘唐
绰　号	赤发鬼
星　号	天异星
梁山排名	21
动物形象	蜜獾
人物简介	在刘唐的生命中，打架是至关重要的事情，打得赢要打，打不赢也要打，这一点像极了动物界的蜜獾，是不折不扣的“暴力分子”。上梁山后，他是“步军十头领”之一，属于梁山上地面功夫最强者之一。

刘唐，江湖人称“赤发鬼”，光听这名号就知道：这家伙长得没个人样。

长得没人样就罢了，这刘唐脾气还不好，别人要是招惹了他，可就摊上了大麻烦，刘唐会一直追着他打，直到把这人打服为止。这家伙就是个“平头哥”蜜獾，打架的时候从来不问对方有多少人，只问：“什么时间？在哪儿打？”他是个不折不扣的“暴力分子”。

刘唐天天打架，也没有正经工作，除了惹是生非，几乎一无所长，以至于当地人教育小孩子的时候都会说："你长大可千万别跟刘唐一样，跟他一样就完了。"

刘唐知道大家既惹不起他，又看不起他，但是他不当回事儿，还总对人说："总有一天，我要干一件惊天动地的大事，让所有人刮目相看。"

刘唐在江湖上瞎混，无意中打听到一个大消息：地方官梁中书在民间搜刮了价值十万贯的金银财宝，他要把这些不义之财送给京城里的老岳父——奸臣蔡京，杨志负责护送。刘唐心想："我若能把这笔财宝抢到手，岂不是一件惊天动地的大事？"

刘唐虽然莽撞，但也知道靠自己一个人不可能成功。他听说江湖上有个很厉害的人叫晁盖，号称"托塔天王"。此人武功高强，力大无穷，更关键的是，他也是个胆大包天的人物。刘唐心想，去联合晁盖抢劫生辰纲，一定能成功，于是去找晁盖。

走到半路，刘唐又累又饿，便找了个地方喝酒吃肉，结果喝得太多醉倒了，被当地的捕快雷横撞了个正着。

雷横一看刘唐这长相，就觉得他不是好人，因而将睡梦中的刘唐抓了起来。刘唐无缘无故被抓起来，自然不服，问："你们为什么抓我？"

雷横说："因为你看起来不像好人。"

刘唐心想，看人真准，嘴上却说："我是晁盖的亲戚，来晁盖家串门儿，又没有做违法的事儿。"

雷横和晁盖有交情，听刘唐说他是晁盖的亲戚，就把刘唐送到了晁盖家里。晁盖虽然不认识刘唐，但看在他是江湖同道的面子上，承认了他是自己的亲戚，还给了雷横十两银子，让他放了刘唐。雷横是个见钱眼开的主儿，银子拿到手，便把刘唐扔到晁盖家里走了。

雷横走后，刘唐将生辰纲的消息告诉了晁盖。他以为自己带来这样一个大消息，晁盖一定会对他另眼相看，谁知道晁盖却对他不冷不热。刘唐不明白晁盖为什么会如此对待自己，他用那并不聪明的脑袋想了半天，终于想出一个自认为正确的答案："肯定是因为我被雷横抓了，晁盖觉得我没本事，所以才对我不冷不热。不行！我要去找雷横打一架，把他打倒，晁盖才知道我其实很厉害。"

刘唐脑子不咋好使，行动力却很强，想到就去做，没花多长时间就追上了雷横，两人打了起来。那雷横虽然是个小捕快，但也不是一般人，战斗力非常强。刘唐和他大战五十回合，不分胜败。恰巧吴用经过，才劝说他俩罢手。

刘唐和吴用一起回到晁盖的家，密谋抢劫生辰纲，并最终得手，之后一起上了梁山。

到了梁山上，刘唐有了一种“回家”的感觉。他本来就是个惹是生非、好勇斗狠的人，当“土匪”是最合适不过的了。所以，刘唐从事“土匪工作”的时候格外积极，经常冲在最前头。但是由于他头脑简单，总是坏事，因此成了梁山上最让人头疼的人物。

阮氏三兄弟

渔民的抗争

姓　名	阮小二、阮小五、阮小七
绰　号	立地太岁、短命二郎、活阎罗
星　号	天剑星、天罪星、天败星
梁山排名	27、29、31
动物形象	鲨鱼
人物简介	阮氏三兄弟原本以打鱼为生，他们如同鲨鱼一样——依水而生，凶悍异常。这三兄弟被恶霸和官府逼得走投无路，只好上梁山落草，在江湖上干了很多惊天动地的大事。

阮小二、阮小五与阮小七三人是亲兄弟，自幼生活在水泊梁山附近，以打鱼为生。

阮家原本有七兄弟，从阮老大一直到阮小七。一天，水边来了一群恶霸，他们霸占了整片水域，禁止旁人在水里捕鱼。

阮家兄弟世代以打鱼为生，不许他们打鱼，便是断了他们的生路。阮老大去找恶霸谈判，希望他们不要欺人太甚。谁承想，那些恶霸毫无人性，竟然杀死了阮老大。这下可惹怒了阮家剩下的六兄弟，尤其是最小的阮小七，气得哇哇大

叫：“不给你点厉害看看，你都不知道马王爷长几只眼！必须要报仇！”

六兄弟冲进恶霸老巢，把对方杀了个片甲不留，但是阮小三、阮小四和阮小六也在恶战中不幸身亡。从此，阮家只剩下了三兄弟。

三兄弟继续以打鱼为生，可是没过多久，水泊梁山上来了一群“土匪”。“土匪”中有个叫林冲的人，武艺高强，阮家兄弟有些怕他，便不敢再去梁山附近捕鱼。

这天，兄弟三人正在家中闲坐，吴用找上门来。三兄弟知道，这吴用表面上是个教书的先生，背地里却是江湖上兴风作浪的老手，最擅长拦路抢劫。他今天前来，到底想干什么呢？

吴用走进阮家，显得很亲热的样子，问：“哥几个最近还在打鱼？”

阮小二说：“当然，不打鱼何以为生？”

吴用装模作样地去看阮氏三兄弟捕获的鱼，故作惊讶地说：“都说你们善于打鱼，怎么打到的都是一些小鱼？”

阮小七忙不迭说：“大鱼都在梁山泊附近，可那里住着一伙土匪，其中有个叫豹子头林冲的，很是厉害，我们不想去招惹他。”

吴用想了想，说:“那你为什么不报官，让官府去抓土匪啊!”

阮小五说:“一来，土匪厉害，一般的官兵都打不过他们；二来，那些官兵比土匪还像土匪，他们不见得有抓土匪的本事，但肯定有祸害百姓的本事。他们来到乡下，就如同蝗虫过境，把百姓家能吃的东西都抢来吃掉，就差要吃人了！我们不能把官兵招惹来，让他们去残害百姓。”

吴用心想:“这三兄弟看起来一个个凶神恶煞的，却有些侠义之心，我何不加以利用，让他们为我所用呢?”于是，吴用便说:“现在的世道，下有土匪横行、祸害百姓，上有官府无道、横行乡里，咱们普通人夹在中间，受气不说，几乎连活路也没有了!”

三兄弟听了吴用的话，深有同感，齐声说:“先生说的是，百姓真的是没活路了!”

吴用又说:“我知道你们三兄弟武艺高强，水下功夫更是了得，这一身的本事用来打鱼，实在浪费，不如来跟我一起替天行道?”

阮小二问:“怎么样替天行道呢?”

吴用说:“最近有官府的人押送一批金银财宝从附近路过，这些财宝都是官员们从民间搜刮来的不义之财，我们何不抢

夺过来，也算为黎民百姓出口恶气？”

那三兄弟早被欺压得够够的了，心中藏着极大的不满，听吴用这么一说，顿时感觉热血沸腾，说：“好！就听吴先生的，把那狗官的不义之财抢了去。”

后来的故事我们已经知道，在吴用的策划下，阮氏三兄弟和晁盖等人，成功地抢劫了杨志押运的生辰纲。

抢劫生辰纲之后，官府派出大队人马追捕这一伙人。阮氏三兄弟坐船逃跑，官兵乘船在后穷追不舍。可是来到了水上，那些官兵哪里是阮氏三兄弟的对手呢？三兄弟如同水中的鲨鱼捕猎一样，把那些追他们的“臭鱼烂虾”杀了个干干净净。打退了官兵之后，三兄弟和晁盖、吴用等人上了梁山，从此，三兄弟和当初他们最厌恶的“土匪”成了“同事”。

阮氏三兄弟原本是老实巴交的渔民，下被“土匪”欺凌，上被官府欺压，他们才终于奋起反抗，以暴制暴，走上了梁山聚义之路。上了梁山之后，这三人一心除暴安良，既不愿意当朝廷的鹰犬，也不欺压无辜的平民。在诸多梁山好汉中，他们三人是少有的侠士。

地煞 白胜

可惜当过叛徒

姓　名	白胜
绰　号	白日鼠
星　号	地耗星
梁山排名	106
动物形象	老鼠
人物简介	白胜绰号白日鼠，不仅因他獐头鼠目，还因为他是梁山好汉中唯一一个曾经叛变的人物。“首鼠两端”说的就是他这样的人。

白胜上梁山的时间不晚，只比晁盖、吴用等人晚了一点点，算得上梁山上的“创业先锋”。而且，他非常精明能干，在和晁盖、吴用一起抢劫生辰纲的时候，发挥了重要的作用。但是，到最后梁山排座次的时候，却把他排到了第一百零六位。这就相当于班上有一百零八个学生，他考了个倒数第三名，非常悲摧。白胜为什么排得那么靠后呢？可能主要是因为他曾经当过叛徒。

抢劫了生辰纲之后，官府派了一个叫何涛的捕快缉拿罪犯。何涛的上司对他说：“你如果不把盗匪给我找出来，本官就把你发配到边疆去！”在古代，被发配边疆的人，要在极度恶劣的环境中没日没夜地做苦力，九死一生。

起初，何涛并不知道是谁抢了生辰纲，也没有破案的任何线索，可把他愁坏了，在家里唉声叹气、愁眉不展。就在此时，何涛的弟弟何清来他家串门。何清是个滥赌鬼，每天不干正事儿，就是赌博。何涛本来就看他不顺眼，现在心情不好，就更加没有好脸色。他对何清说："你不滚出去赌钱，来我们家干啥？"

何清不服气，说："你好歹是我哥哥，我来你家串门都不行？"

何涛的媳妇赶紧对何清说："你哥哥摊上大事儿了，心情不好，你别往心里去。"然后，她又一五一十地把何涛的遭遇告诉了何清。

何清听了嫂子的话，哈哈大笑，说："哥哥，平日里你最看不起我，今日却要仰仗我救你性命！"

何涛一听这话，心里咯噔一下，说："难道你知道是谁抢了生辰纲？"

何清点点头。原来，何清好赌，那白胜也好赌。一天，何清在赌场碰到了白胜，只见他挑着一桶大枣在那里赌博。何清知道这白胜平日里好吃懒做，不事生产，也不做生意，今天他为什么一反常态，挑了一担枣来呢？当时何涛感觉很

奇怪，但是并没有往心里去。后来，何清听说那生辰纲被贩枣的农夫抢走，他立刻就猜到这件事和白胜有关系。

何清把自己的猜想告诉了何涛，何涛如同溺水之人抓到一根漂浮在水面的木头，终于看到一丝希望，立刻带人抓捕白胜。白胜正在家里睡觉，被抓了个正着，何涛在他家里还发现了大量财宝，正是被抢的生辰纲，人赃俱获。

何涛厉声大喝：“白胜，你和谁一起抢走的生辰纲？从实招来！”

白胜嘴硬，说：“没有别人，我自己一个人抢的！”

何涛冷笑着说：“你这鼠辈，小偷小摸在行，一个人抢走生辰纲，谅你没那么大本事……如果你不把同伙招出来，别怪我心狠手辣！”

那一瞬间，白胜脑海中浮现许多英雄人物——他们为朋友两肋插刀，面对敌人的严刑拷打也绝不出卖朋友，即便屠刀架到脖子上，也会用恶狠狠的眼神盯着屠夫，然后还要往他的脸上吐口唾沫！

想到这，白胜大义凛然地说：“生辰纲就是我一个人抢的，要杀要剐随你的便！”

何涛听了这话，不怒反笑，说：“看来你想死？不过没那么容易，我要让你生不如死！”说完，他对手下说：“给我狠狠地打，打到他妈妈都不认识他！”

何涛手下都是一群虎狼之辈。他们恶狠狠地扑上来，用皮鞭重重地打在白胜身上，两三下就把白胜打得皮开肉绽。此时，白胜脑海中的英雄人物似乎都不见了，取而代之的是一阵阵剧痛。他声嘶力竭地喊道：“各位好汉、大人，不要打了，我说，我说。”

何涛狞笑着说：“怎么？不充英雄了？”

白胜说：“不当了，不当了，当英雄太疼了，受不了。”

由于白胜把抢劫生辰纲的同伙都供了出来，晁盖、吴用等人知道消息后只好落荒而逃，跑到了梁山上。不过，他们没有记恨白胜，最后还是把他从监狱里救了出来，带他上了梁山。这些人为什么要救叛徒白胜呢？或许是因为他们也知道，在那种情况下，大多数人没有扛到最后的勇气。

这世界上，真正的英雄本来就是极少的。

天罡

花荣

年轻人不要太骄傲

姓　名	花荣
绰　号	小李广
星　号	天英星
梁山排名	9
动物形象	牧羊犬
人物简介	**花荣聪明、忠诚，天生骄傲，像极了动物界的牧羊犬。他本是个有所作为的年轻将领，但是因为卷入宋江的“谋反案”，因此被逼上梁山，落草为寇。他是梁山“八骠骑”之一，战斗力非常强。**

花荣是个帅小伙，尤其是在梁山上，更显得他英俊非凡，因为大部分梁山好汉都长得歪瓜裂枣，有碍观瞻。花荣不仅长得帅，武艺也高强。上梁山之前，他是正儿八经的军官，负责带兵镇守清风寨，是当地人心目中的“保护神”。

花荣之所以从年轻有为的军官变成梁山上的“土匪”，表面上看是因为他认识了一个不该认识的人——宋江，而最根本的原因可能只是他内心充满骄傲。

花荣有理由骄傲。他出身军人家庭，父亲也是军官。在花荣十几岁时，父亲为国捐躯，花荣继承了父亲在军队中的

官职，成为一位非常年轻的军官。虽然官职是继承来的，但并不代表花荣没有实力。花荣非常善于领兵打仗，射箭技术更是出神入化，百步穿杨、箭不虚发，是当时最有名的神箭手。

作为清风寨的“守护神”，花荣原本是此地唯一的管理者，但后来朝廷派来了一个叫刘高的文官与花荣一起管理清风寨。宋朝时，文官的地位比武官要高，即便二人品级相同，武官见了文官也要低人一头。所以，刘高来到清风寨之后，就成了花荣的领导。

刘高这家伙虽然是个读书人，但书都读到了狗肚子里——护国安民的本事一点儿没有，搜刮民脂民膏的手段却异常高明。内心骄傲的花荣自然看不起这样的人，即便他是自己的顶头上司，花荣也不爱搭理他，更不愿意听他差遣，两人的关系一直比较紧张。

一天，花荣听说了一件事——“好大哥”宋江惹了大麻烦，被官府通缉，他赶紧给宋江写信，让宋江来清风寨避避风头。毕竟这里是自己的地盘，能保宋江周全。

宋江收到花荣的信之后，就赶紧往清风寨走，走到半路却被当地的一群土匪给绑架了。被绑到土匪老巢后，宋江亮明了自己的身份，土匪们也知道“及时雨”宋江的威名，因而不仅没有害他，还好酒好肉地款待了他。宋江离开土匪老巢时，还捎带手救了一个被土匪绑架的女人。

宋江万万没有想到，他助人为乐的举动却差点要了他的命。

原来，宋江救的那女人正是刘高的妻子。宋江来到清风寨之后，又遇见了那个女人。这女人非但不感激宋江，还悄悄地对刘高说："这宋江和山上的土匪一定是同伙。"

刘高问："你怎么知道的？"

那女人说："当初我被土匪绑架，这宋江叫土匪放了我，土匪就真的把我给放了。土匪为什么这么听他的话？肯定是因为他们本来就是一伙的！"这个逻辑非常无耻，但刘高本身也是个无耻的人，他还觉得蛮有道理，于是下令把宋江抓起来。

花荣听说刘高抓了宋江，立刻火冒三丈，去和刘高要人。刘高不放人，花荣便动起武来。刘高手下的那帮三脚猫军士怎么可能是花荣的对手，花荣硬生生地从刘高手中抢走了宋江。刘高自然不肯善罢甘休，便派人对上级汇报："花荣和土匪勾结，要造反。"上级官员最怕手下有人造反，便派了一个叫黄信的武将来处理此事。

黄信知道花荣厉害，自己打不过，便耍阴招：他假装请花荣喝酒，把花荣骗到一个有埋伏的地方，仗着人多势众把花荣擒住了。

第二天，黄信和刘高把宋江、花荣关进囚车，要押送到省城。半路途中，之前绑架过宋江的那群土匪杀了出来，救走了二人。

宋江和花荣虽然重获自由，但是他们二人勾结土匪的罪名也就此坐实。二人无奈，只好和那群土匪一起上了梁山。

来到梁山之后，花荣依然是那个骄傲的少年。梁山头领晁盖不相信花荣真的能“百步穿杨”，花荣心中便想，不让他们见识下我的手段，这帮人还真有点不服气。此时，天上正好飞过一行大雁，花荣对晁盖说：“我要射第三只大雁的头，你们看好了。”

“吹牛”和“真牛”的区别，就在于有没有真本事。花荣的确有真本事，只见他拉弓射箭，果然射中了第三只大雁的头。从此之后，花荣成为梁山上战力最强的将领之一，在许多战役中冲锋陷阵，立下了不少功劳。

地煞 黄信

镇三山现形记

姓　名	黄信
绰　号	镇三山
星　号	地煞星
梁山排名	38
动物形象	鬣狗
人物简介	黄信总想捡现成儿的便宜，就如同鬣狗一般，自己不愿意打猎，老是想“虎口夺食”。结果遇到了凶悍的梁山匪徒，夺食不成，反而被崩了牙。

黄信，他名字中的这个“信”字，一般人或许会认为是“诚信”的信。但了解黄信的人都知道，他的那个“信”，其实是“信口开河”的信。

黄信本事不大，口气却不小。在他当军官的地方，有三座名山：桃花山、二龙山、清风山。这三座山之所以出名，不是因为高，也不是因为美，而是因为山上有土匪。黄信刚来此地上任时，便对所有人说：“我来了，大家就把心放到肚子里去吧，我会把山上的土匪都抓起来，还各位一个太平盛世！”

百姓们纷纷鼓掌，以为来了一员能保地方安宁的猛将，还给黄信起了个绰号，就叫“镇三山”。

一个月过去了，人们发现黄信并没有去剿匪，而是每天待在兵营里喝酒吃肉。有不识相的人对黄信说：“黄将军，你不是说要去剿匪吗，什么时候动身？”

黄信大手一挥，说：“不着急，不着急，那些土匪知道我来了，一定怕得很，根本不敢下山作案抢粮食。等他们在山上没吃没喝、饿得浑身发软的时候，我就带兵杀上山去，不费吹灰之力便可将其一网打尽。”

又过了一个月，人们发现土匪并没有像黄信说的那样不敢下山，相反，他们下山抢劫的次数更多了。或许是因为抢的粮食太多，土匪们的伙食更好了，一个一个还都吃胖了。有人对黄信说：“黄将军，看起来土匪们还不知道您的厉害，依旧敢下山作案，您是不是给他们点儿颜色瞧瞧？”

黄信哈哈一笑，说：“你们不懂，兵法有云：‘上兵伐谋。’我故意不去惊动土匪，为的是让他们放松警惕，等他们麻痹大意之后，我就出其不意杀上山去，定可一举成功。”

又一个月的时间过去了，人们发现土匪果然放松了警惕，好几个上山砍柴的人回来都说：“山上的土匪老巢门口都没人站岗了，就连那条看门的黄狗都不叫了，整天晒太阳，看见人都不理。”有人赶紧对黄信说：“现在土匪们已经麻痹大意了，将军，赶紧抓住机会杀上山去。”

黄信点点头，说：“没错，看来土匪中了我的计，来人，点齐兵马杀上山去！”大营里的士兵赶紧列队站好，只见黄信从营帐中雄赳赳地走了出来，来到他的黄骠马跟前，纵身一跃便跳上马背，颇有些英姿飒爽的意思。手下士兵刚要拍手叫好，只听得黄信“哎哟”一声，手捂着腰说：“不好不好，把腰给扭了，快扶我下去！今天剿不成匪了，我得去看大夫！”

就这样，一年时间过去了，“镇三山”黄信一次匪都没剿过。人们私底下都说：“黄将军的名号应该改一改，别叫镇三山了，这名号都对不起山上的土匪。”

一天，黄信接到上司的命令：清风寨武官花荣造反，你去把他给我抓回来。

听到要去打花荣，黄信出了一身的冷汗，他心想：“花荣官不如我大，本事可比我大多了，我怎么可能抓得住他？”但毕竟上司有令，黄信硬着头皮也得去。走在半路上，他灵机一动，想出一条抓花荣的计策——摆鸿门宴。

来到清风寨之后，黄信见到花荣，满脸堆笑地说：“听说你们清风寨的官员闹了点儿别扭，上司派我来给你们调解。这样吧，今天晚上我请客，请你和刘高吃饭，务必要赏脸呦！”

花荣骄傲且单纯，他听信了黄信的话，晚上一个人去赴宴，结果那黄信早就在宴席上安排了埋伏，仗着人多势众把花荣给抓了。

抓到花荣之后，黄信得意极了，他押着花荣和宋江两人回去复命。但半路上清风山的土匪杀了出来，黄信虽然号称“镇三山”，但实际上他连一座山都镇不住，居然被清风山的土匪打败，花荣、宋江被抢走了。

黄信抓捕花荣失败，他的上司只好派另一位猛将秦明出马。秦明是黄信的师父，武艺高强。黄信满以为跟着师父一定能马到成功，结果师徒二人都被打败了，秦明被俘，又被宋江设计，走投无路上了梁山，黄信只好跟着师父一起落草为寇。

燕顺·王英·郑天寿

冒牌食人魔的故事

姓　名	燕顺、王英、郑天寿
绰　号	锦毛虎、矮脚虎、白面郎君
星　号	地强星、地微星、地异星
梁山排名	50、58、74
动物形象	牧羊犬、泰迪犬、梗犬
人物简介	燕顺绰号锦毛虎，但是他一点都不“虎”，倒更像忠心耿耿的“犬”，唯宋江马首是瞻；上梁山之后，王英和扈三娘结为连理，成为唯一一个在梁山上结婚的好汉；郑天寿武功不怎么样，但是在一帮梁山好汉中，算是少数长得不难看的人。

花荣当军官的地方叫清风寨，清风寨附近有座清风山，清风山上有土匪。

清风山上的土匪有三个头目：老大燕顺，江湖人称“锦毛虎”；老二王英，江湖人称“矮脚虎”；老三郑天寿，江湖人称“白面郎君”。

这三人凑在一起，怎么看也不像是合格的土匪，除了老大燕顺看起来还有点儿生猛之外，其余二人的形象都有点儿对不起他们的职业。王英是五短身材，大脑袋、大肚皮、小短腿儿，跟冬瓜成精了似的；郑天寿个子倒是挺高，可是长

了一张小白脸儿，要是干别的职业也就算了，可偏偏当了土匪。因为“人设”不够契合，三人很是苦恼，经常觉得自己在“土匪界”低人一等，有点儿抬不起头。

一天，矮脚虎王英把其他两位兄弟叫到一起，说：“我想到个办法，可以让所有人都怕咱们！”

另外两人很感兴趣，问：“啥办法？”

王英神秘兮兮地说：“吃人肉！要是别人知道咱们敢吃人肉，肯定会怕咱们！”

他的话刚说完，另外两人就险些吐出来。燕顺说：“亏你想得出来，恶心不恶心！”

王英忙解释说：“咱们不用真的吃人肉，只要假装吃，让别人知道咱们吃，就行了。”

一直没说话的郑天寿说："可是，别人会不会觉得咱们变态？"

王英说："作为土匪，宁可让人觉得变态，也不能让人觉得可爱，你明白吗？"

郑天寿似懂非懂，点了点头。

从此之后，这哥儿仨开始了"演员生涯"。

他们一般会这样做：

首先，下山抓两个无辜的路人，绑到山上来。

然后，对两个路人说："大爷们今天想吃人肉，你们两个吃谁好呢？就吃那个细皮嫩肉的吧！"说完这句话，就命令手下把这个人拖到外面，一棍子将他打昏。过一会儿，手下会端着一盘羊肉进来，说："当家的，人肉做好了，请品尝。"

哥三个就开始狼吞虎

咽地吃羊肉，吃完抹抹嘴，说：“吃得太饱了，剩下的这个人关起来，明天再吃！”

最后，他们会故意放松对那个人的看管，好让他逃走。那人逃下山之后，便会对其他人说：“清风山上的土匪太吓人了，居然吃人肉，我险些被他们吃掉！”

久而久之，燕顺兄弟三人吃人肉的消息传开了，就连江湖上的其他土匪都觉得他们够吓人，常说：“这三个哪里是人，分明是狗，逮着什么吃什么！”

看到大家都不愿意靠近他们，王英得意扬扬地说：“看我的计策多好，现在别人都怕咱们了，不敢靠近咱们一步！”三兄弟哈哈大笑。

一天，他们又想故技重演，先是从山下抓到一个女人，然后又抓来一个黑脸的汉子。当着二人的面，燕顺说：“把那个黑脸汉子给我杀了，我要吃他的肉。”他的话刚说完，那女人就晕了过去。黑脸儿汉子也一脸绝望，嘴里喃喃地说：“没想到我宋江居然有此下场，哎！”

燕顺耳朵灵，听那黑脸儿汉子自称宋江，一下子站起身来，问：“难道你就是江湖上人称‘及时雨’的宋公明吗？”

黑脸汉子点点头，说：“正是在下。”

燕顺兄弟三人久仰宋江大名，赶紧给宋江松绑。燕顺武功不行，口才倒是不错，他对宋江说："我们久闻宋大哥仗义疏财，济困扶危，仰慕得很。只是之前没有福分，没能见过宋大哥，今天终于与大哥相见，深感荣幸。"

宋江原本以为碰上了吃人的恶魔，却不想遇上的是自己的"粉丝"，顿时松了口气。他在清风山上吃了顿饭，便下山找花荣去了，临走之前，还劝说燕顺三兄弟放了那个女人。后来，宋江在清风寨惹了大麻烦，被官府抓了起来，燕顺三兄弟听说之后，马上赶去营救。宋江虽然是被救了出来，但他们也遭到了官府的围剿，无奈之下，三兄弟只好上了梁山，从小土匪变成"梁山巨匪"。

在梁山，其他好汉对三人说："这里可没有人肉给你们吃。"三人讪笑着说："没事没事，人肉吃腻了，换换口味也好。"

此时莽汉李逵站了出来，说："既然三位兄弟爱吃人肉，那我去搞点来，看着你们三个吃。"

燕顺、王英、郑天寿赶紧拦住李逵，说："兄弟，冷静啊，我们三人最近改吃素了！"看着李逵作罢，三兄弟擦了擦头上的冷汗，心想："我们是装凶，这家伙是真凶啊！"

天罡

秦明

我真想给你一闷棍

姓　名	秦明
绰　号	霹雳火
星　号	天猛星
梁山排名	7
动物形象	花豹
人物简介	秦明如同花豹一般勇猛，但是却被梁山好汉设计陷害，因此不得不上梁山避难。他是梁山“马军五虎将”之一，属于梁山最强战力之一。

任谁见了秦明，都能一眼看出这家伙不好惹。他的武器是一根狼牙棒，等闲之人不要说用，就是提都提不起来，使用这种武器的人，怎么可能是善茬？

秦明是朝廷的高级军官，有多高级呢？这么说吧，黄信的官衔比花荣要高，而秦明的官衔又远高于黄信。所以，当花荣造反之后，官府先是命令比他官大的黄信去解决问题。由于黄信没能解决问题，官府便只好派秦明出山，希望他可以出面摆平这件事儿。

秦明听说造反的人叫花荣，是个小军官，就有点儿不当回事儿，带着一百骑兵加四百步兵就出发了，临走时对官府

的人说："我去去就回，你们等我吃晚饭。"看过电影的人都知道，只要主角说"等我回来吃饭"，一般来讲，他是肯定要倒霉的。秦明就是这样一个倒霉主角。

当时，花荣、宋江等人正在清风山上，秦明带军马围了清风山，要将他们一网打尽。花荣带兵出战，与秦明交手。起初秦明并不把花荣放在眼里，但是打了几个回合之后，他发现花荣的武艺比自己想象中高明得多。秦明很震惊，暗道："没想到一个小小的军官，居然这么厉害。"

花荣比秦明更震惊，他早听说秦明厉害，但没想到这么厉害。两人交战五十回合后，花荣逐渐抵挡不住，开始节节败退。

花荣退，秦明就追。秦明不知道的是，花荣的箭法比武艺更加厉害。正当他快马加鞭追赶花荣时，花荣突然翻身一箭，射中秦明头盔上的红缨。秦明大吃一惊，虽然他毫发无伤，但心里却明白：花荣刚才是手下留情，他既然能准确地射中头盔上的红缨，那么想要射自己的脑袋更是轻而易举。不过，秦明并没有领情，依旧率领军队紧追不舍。

事实上，花荣早就给秦明设置好了陷阱。他命令手下堵住一条河，然后把秦明引到了河水里。秦明刚下水时，水才不到一尺深，可是随着花荣一声令下，手下们把堵水的堤坝打开了，大洪水瞬间席卷过来。秦明手下的军士被淹死了不少，他本人好不容易挣扎着游到岸边，就遇到了早就等在岸边的燕顺等人。要是平常，像燕顺这样的家伙，秦明那是见一个打一个，见一对儿打一双，可现在他刚从洪水里死里逃生，浑身一点儿力气都没有。正所谓“虎落平阳被犬欺”，秦明无奈成了燕顺的俘虏。

秦明做了俘虏，宋江和花荣却没有为难他，反而对他很热情，嘘寒问暖。秦明心想：“俗话说，无事献殷勤，非奸即盗。这两个家伙肯定有所企图。”

秦明还真猜对了，宋江想要拉秦明一起上梁山，他说：“秦将军，你的兵马死伤不少，回去不好交差，朝廷恐怕会降罪于你，不如同我一起上梁山去吧。”

秦明大手一挥，说：“你们要放我，我就走，要不想放我，就杀了我。我秦明是皇上亲封的堂堂将领，让我跟你们上山当土匪，休想！”

宋江赶紧笑眯眯地说：“既然秦将军执意要走，我们不会阻拦。”

秦明愣了一下，他没想到宋江果然是个讲道理的人，便说：“那好，我即刻下山。”

宋江还是笑眯眯地说：“秦将军何必着急？现在天色已晚，不如在山上住一晚上再走……”

秦明对宋江有了好印象，也比较信任他，因而便留在了山上，踏踏实实地睡了一个晚上。第二天，秦明要走，宋江也不挽留，还把他送到山下，分别时对秦明说：“秦将军，一路走好，我们来日再会！”

秦明嘴上说：“好好好，后会有期。”心里却想：“还再会？我跟你个土匪头子有什么好再会的？”他头也不回地离开了清风山。

秦明一路往城里走，发现沿途许多村庄被大火烧成废墟。他非常疑惑，于是加快速度向城里走去。来到城门下，令他万万没想到的是，士兵看他回来非但没有迎接，反而关上了城门。秦明大喊道：“我是秦明，赶紧放我入城！”

城头上的官员则说：“秦明，你还敢回来？昨天你率领兵马抢劫村庄，杀人无数，朝廷定会判你死罪，你就等着受死吧！”

秦明进不了城，满心气恼，只好骑马走开。不一会儿，他发现前方来了一队人马，正是宋江、花荣、燕顺、王英等人。几人来到秦明面前，问：“秦将军，你不是回城去了吗？怎么在这儿转悠？”

秦明满心委屈无人倾诉，现在好不容易碰到熟人，便一股脑都说了出来：“不知道哪个缺了大德的家伙，假冒成我的

样子去抢劫村庄，害得我被朝廷通缉，有家不能回。别让我碰见这混蛋，要是碰见，我一狼牙棒把他屁股打开花……”秦明说着，发现对面几个人的表情渐渐不对了，好像很尴尬的样子。

那一瞬间，秦明什么都明白了：“就是你们偷走我的铠甲、兵器，假扮成我去杀人放火，你们这帮人就是要把我逼到绝路上，然后拉我一起上梁山！”那一刻，秦明火冒三丈，他恨不得拍马上前，把宋江那厮的屁股打开花。

宋江也看出秦明已经非常愤怒。他赶紧翻身下马，跪在秦明面前，说：“我们只是钦慕秦将军，想让将军与我们一同上山，不得已才出此下策，请秦将军见谅。”

秦明心想：“我见谅你个头！”但事已至此，他已经无路可走，上梁山是他唯一的选择。秦明无奈地点了点头，说：“好吧，那我就随你们一同上梁山去吧！”就这样，大宋名将秦明成了梁山好汉之一。

上了梁山之后，秦明经常跟着宋江一起南征北战。每次他骑马走在宋江身后，都有一种想给宋江一闷棍的冲动。但是每次他都忍住了，因为他真的不知道离开梁山之后自己还能去哪儿。

吕方·郭盛

“角色扮演”爱好者

姓　名	吕方、郭盛
绰　号	小温侯、赛仁贵
星　号	地佐星、地佑星
梁山排名	54、55
动物形象	拉布拉多、边牧
人物简介	吕方常把自己比作名将吕布，他入戏太深，平日里身穿全套吕布装备，但在真正的高手面前则变得像拉布拉多一样温顺；郭盛则幻想自己如同薛仁贵一样大杀四方，但是上了梁山才知道，比自己武艺高的人比比皆是。后来，他在梁山上像边牧一样忠诚地保卫着疆界。

林子大了，什么鸟都有；江湖大了，什么奇葩也不缺。在江湖上，有两朵著名奇葩——吕方和郭盛，他俩都是“角色扮演”爱好者。

吕方扮演的人物是吕布。大家都知道，吕布是三国时期的人物，号称“三国第一猛将”。不过，此人虽然武功高强，人品却不怎么样，先后认了丁原、董卓两人当干爹，最后这俩干爹都是被他害死的。

吕方没读过什么书，关于三国的故事，他都是从说书先

生那里听来的。一天，说书先生说了一段“三英战吕布”，唾沫横飞地讲了刘备、关羽、张飞三兄弟和吕布大战几十回合，最后还是让吕布全身而退的故事。

听完这段书，吕方的下巴都快掉到地下了。他早知道张飞、关羽都是万中无一的猛将，却万万没想到，张飞、关羽加上刘备，三个人都奈何不了吕布。“妈呀，这吕布简直就是战神啊！”吕方感慨道。

旁边有人听见他的话，接过话茬说：“你们老吕家有吕布这么一号人物，也算是名留青史了！”

这话提醒了吕方。他想：“吕布姓吕，我也姓吕，说不定我就是那吕布的后人呢！不行，我要向祖先看齐，不能折了我们老吕家的威风！”从那以后，吕方就照着《三国演义》里吕布的扮相打扮自己——头上戴着高高的头冠，身穿战袍，手里还拿着一柄吕布同款的方天画戟。

自从开始角色扮演之后，吕方连班都不想上了，天天想着要向吕布学习，率领千军万马驰骋沙场。

起初，他想去参军，便问招兵的人：“请问，你们这里招大将军吗？”

招兵的人有点儿傻眼，说：“大将军是皇帝封的，我们这里只招募普通士兵。”

吕方又问："普通士兵到大将军需要等多久？"

招兵的人从来没被问过这种问题，一时间脑子有点乱，好不容易才清醒过来，对吕方说："现在的骠骑大将军十六岁当兵，五十六岁才当上一品大将军。"

吕方掰着手指头算了半天，自言自语地说："混了四十年才当上大将军，太慢！我可等不了那么久，不当兵了！"说罢，他转身就走了。

当不了将军，吕方也没有放弃领兵打仗、跃马沙场的愿望。如何才能实现愿望呢？他想来想去，好像只剩下一条路可走了——当绿林好汉。于是，吕方占山为王，招募了几百个小喽啰，成为"土匪大将军"。他还给自己起了个绰号，就叫"小温侯"。温侯正是吕布的爵位名称，小温侯就相当于"小吕布"。

一天，吕方正在山上闲坐，突然有个小喽啰慌里慌张地闯进来，说："大王，大王，不好了。"

吕方很不高兴，说："告诉你多少次了，不要叫我大王，叫我'小温侯'！"

小喽啰赶紧改口，说："小温侯，不好了。"

吕方问："何事不好？"

小喽啰说："有个叫郭盛的家伙打到山寨门口，要大王把

山寨让给他。”

吕方瞬间愤怒了，说：“点齐兵马，随我应战！”

吕方带着手下几百号小喽啰来到山寨门口。只见外面有一队人，为首的家伙头上也带着头冠，穿着一身铠甲，更可气的是，手里的兵器居然也是方天画戟。吕方不乐意了，大声喝道：“呔！那个叫郭盛的家伙，为何跟我用一样的兵器？”

郭盛说道：“那又如何？”

吕方说：“我姓吕，是吕布的后人，用我老祖宗的兵器合情合理，你算什么东西？”

郭盛哈哈大笑，说：“谁说方天画戟只有姓吕的能用？我的偶像薛仁贵用的也是方天画戟，因此我才用此兵器。”

薛仁贵是唐朝名将，用一柄方天画戟打遍天下。郭盛这一身儿行头，完全是在模仿薛仁贵，他还给自己起了个绰号叫“赛仁贵”，意思就是武艺跟当年的薛仁贵一样厉害。

吕方与郭盛，一个是吕布的死忠，一个是薛仁贵的粉丝，二人为了抢夺山寨大打出手。这两人虽然都把自己打扮成很厉害的样子，但实际上武艺却都稀松平常，打起来简直就是“菜鸡互啄”。

问题是，当菜鸡遇见菜鸡，他们就都不会觉得自己是菜鸡，反而有一种“棋逢对手、将遇良才”的错觉。两个人大战了几十回合，非但没分出胜负，还越打越起劲儿。到最后，两人的方天画戟较到一起，分都分不开了。

此时，恰巧要上梁山的宋江、花荣等人从此路过，见二人缠斗在一起难解难分，便想要劝和。只见花荣张弓射箭，一箭射到两人的兵器上，两把兵器瞬间分开了。

正所谓“不怕不识货，就怕货比货”。刚才吕方和郭盛对打时，都觉得自己是绝世高手，但当他们看到花荣的手段后，才明白了什么叫“天外有天，人外有人”。两人不约而同地想：“我原以为自己是虎豹一样的猛将，但是跟这人一比，最多算条大狗。”

宋江走上前去自报家门，二人早就知道宋江的大名，仰慕已久，加之听说梁山上都是英雄好汉，势力很大，因此便追随宋江上了梁山。

从此，梁山上多了两个“角色扮演”爱好者。

宋江·宋清

你到底是不是“好哥哥”

姓　名	宋江、宋清
绰　号	及时雨、铁扇子
星　号	天魁星、地俊星
梁山排名	1、76
动物形象	牛头梗、贵宾犬
人物简介	宋江，江湖一哥，梁山领袖，以忠孝仁义著称，但心里老有个不知对错的招安梦；宋清是宋江的亲弟弟，由于武功低微，只能负责餐饮工作，是梁山上的火头军首领。

四十岁以前，宋江以为自己一辈子也就这样了——在官府里当个刀笔小吏。虽然说每月也能领到“公务员工资”，但“吏”不是“官”，办事背锅有份儿，升官发财没门儿，有工作没盼头。很多人年轻时都觉得自己很厉害，将来能成为叱咤风云的大人物，但其实绝大多数人都是平凡人。宋江也差点就认命了，但是一件意想不到的事情改变了他的命运。

有一天，一个叫何涛的捕快来找宋江。相信大家对何涛这个名字并不陌生，他就是抓捕晁盖、吴用等人的那个捕快，他来找宋江，也是为此事而来。

原来，晁盖他们就住在宋江管事的地方。何涛从叛徒白胜口中得知了晁盖的下落，便来抓晁盖，可是他人生地不熟，所以想到在当地工作的宋江，希望宋江可以帮忙。何涛失算了，宋江和晁盖是老相识，他嘴上说“一定帮忙，一定帮忙”，背地里却悄悄给晁盖传递消息，晁盖等人闻风逃跑了。

宋江救了晁盖他们一命，这些人自然感恩戴德，就派“赤发鬼”刘唐送来一百两黄金，还有一封答谢信。宋江没要黄金，只留下了答谢信。坏就坏在这封信上，宋江不小心把答谢信落到了小妾阎婆惜那里。阎婆惜看到信后，知道宋江勾结梁山匪徒，便威胁他：“你把那一百两黄金都给我，否则我就去报官，让你死无葬身之地！”争执中，宋江失手杀死了阎婆惜。这下坏了，宋江从刀笔小吏变成了杀人犯，县官命令一个叫朱仝（tóng）的捕快去抓捕宋江。朱仝和宋江交情不错，放了他一马，从此，宋江流落江湖，成了逃犯。

在江湖上流浪的那段日子，宋江惊讶地发现，由于自己曾经营救过一些江湖人士，所以成了人人都很尊重的人物，大家还给他起了个绰号叫“及时雨”。无论走到哪里，江湖好汉们只要一听到他的名字，都会喊一声“宋江哥哥”。

虽然宋江后来还是被官府擒住，但是那些“潜伏”在官府的好汉，对宋江也是格外友好，宋江直到被发配江州，也

酒

没有吃苦受罪，因为管监狱的戴宗正是他的朋友。但是，宋江从前虽只是官府小吏，可毕竟吃皇粮、当官差，如今却落到这步田地，心情不免十分压抑。一天喝醉酒之后，他在酒楼的墙壁上写了一首诗：

心在山东身在吴，飘蓬江海谩嗟吁。
他时若遂凌云志，敢笑黄巢不丈夫！

这首诗可不得了，竟然把自己比成了黄巢！黄巢可是唐朝时的大豪杰，率领起义军杀进长安，差点当了皇帝。这首诗恰好被奸人黄文炳看到，他马上告发宋江，说他意图谋反。这是大罪，官府的神经一下子紧张起来，很快就给宋江定了死罪。戴宗将消息传到了梁山，梁山好汉们赶忙下山营救宋江。与此同时，还有许多江湖人士前来助阵，这些人居然真的打败了朝廷的官兵，把宋江从死亡边缘救了回来。

经过此事，宋江也走投无路，只好上梁山落草为寇。他不仅自己上了山，还带了自己的老爹宋太公、弟弟宋清，一家子组团上梁山，俨然一副安营扎寨的样子。此时，宋江坐梁山第二把交椅，直到晁盖受伤身亡，他便成了老大。

梁山上的大多数人，都把梁山泊当成避风港。他们与官府作对，是真心觉得官府黑暗腐败。但宋江不是，他和官府作对，是想加入官府。宋江的计划是：

第一步，带领梁山兄弟与官府作对，吸引眼球“拉仇恨”；

第二步，官府来围剿梁山，就打败他们，让官府“既看不惯我，又干不掉我”；

第三步，跟朝廷谈条件，给梁山好汉安排官位，这便是所谓的招安。到时候，梁山好汉便成了朝廷的正规军，每个人都是军官。当然，我宋江一定是官最大的那个。

最终，宋江的计划真的成功了。朝廷打不过梁山好汉，便认可招安。宋江为朝廷服务了十几年，都没能混上一官半职，现在却靠着当土匪造反当上了大官，真是讽刺啊！梁山上的很多人想不通：咱们一帮兄弟在梁山上大块吃肉、大碗喝酒，皇帝老子都奈何不了，为什么非要下山给朝廷“打工”？但是宋江却认为，即便是给朝廷当奴仆，也总比在梁山上当孤魂野鬼强。

很多梁山好汉终于意识到：其实，宋江哥哥跟我们不是一路人。

朝廷却把宋江等一干梁山好汉当成了看家的狗——有敌人的时候，让你们去打仗，消灭了敌人之后，便开始想办法收拾你们。最后，大多数梁山好汉不是死在了战场上，就是被朝廷里的险恶之徒害死，宋江也不例外。

“狡兔死，走狗烹”就是这个道理。

天罡

李俊・李立

祖坟冒了青烟

姓　名	李俊、李立
绰　号	混江龙、催命判官
星　号	天寿星、地奴星
梁山排名	26、96
动物形象	鸬鹚、青蛙
人物简介	李俊在梁山上的星号可以说是最吉利的，叫“天寿星”，象征多福多寿。他后来离开梁山，到边远地区当国王去了；李立本是黑店老板，谁要是进了他的酒馆，就相当于一只脚踏进了鬼门关。

江州有个揭阳镇，揭阳镇旁有个揭阳岭，揭阳岭下有条浔阳江。在揭阳镇，穆弘、穆春兄弟俩是一霸；在揭阳岭，李俊、李立两人是一霸；在浔阳江，张横、张顺是一霸。这三对兄弟，被称为“揭阳三霸”。

在揭阳三霸中，张横、张顺是亲兄弟，穆弘、穆春也是亲兄弟，只有李立、李俊二人不是，但他们胜似亲兄弟，因为二人是事业上的好搭档。他们的事业是什么呢？拦路抢劫！

李立在揭阳岭下开了一家酒馆，李俊在揭阳岭上占山为

王。有人从揭阳岭经过，要是到酒馆中喝酒，李立就在酒中下药，把人迷晕，抢走钱财，这叫作“暗夺”；如果此人没有到酒馆中喝酒，李立便会通知李俊，让他们带人杀下山来，抢劫钱财，这叫作“明抢”。

一天，李立正在自己的酒馆中等猎物上门，从门外走进来三个人。这三人，两个是公差，押送着一个囚犯。不过，这囚犯很不一般，那两个公差跟在他身后，一副毕恭毕敬的样子，看起来更像是他的保镖。这个非同一般的囚犯，正是宋江。

看到这奇怪的“三人组”，李立想不通为什么公差会对犯人这么客气。想来想去，他得出一个结论：“这犯人一定很有钱。”想到这儿，李立马上来了精神，在宋江等人的酒菜中下了特效蒙汗药，一下子就把三个人都迷晕了，去翻宋江的包袱，果然发现了很多钱财。

正在此时，李俊也急匆匆来到酒店中。李立问李俊：“大哥，你急匆匆的有什么事儿？”

李俊说：“我听人说，一个大人物要从此地路过，我来等他。”

李立问：“什么大人物？”

李俊说：“宋江，宋大哥。”

李立说："先别管什么宋江了，今天咱们有大收获！我刚才迷晕三个人，其中一人很有钱，咱们发财了！"

李俊问："这三个人长啥样？"

李立说："有两个公差，还有个派头很大的犯人，那犯人脸很黑，有点胖。"

李俊说："哎呀，说不定那黑脸的汉子就是宋江！"他赶忙给宋江灌了一碗解药，宋江迷迷糊糊睁开眼，见有两个不认识的人在眼前晃，便问："我这是到哪儿了？"

李俊说："我问你，你叫什么？"

宋江说："我是宋江。"

李俊大叫一声："原来真的是宋江哥哥！"

宋江不认识他，问："你是哪位？"

李俊说："我是李俊，这是李立，我们兄弟二人专门在此等候宋江哥哥。"

宋江不知道他在搞什么，问："你等我就是为了给我下毒吗？"

李俊有点尴尬，不知道该说什么好。李立赶紧说："宋江哥哥，全是兄弟我的错，我不知道是你……"

宋江笑着说："原来是场误会，多谢二位不杀之恩。"

李俊和李立赶紧说："岂敢，岂敢。"他们给宋江等人松绑，

好吃好喝招待了一番。几天之后，宋江执意要去江州服刑，两人留不住，只好给了宋江一些银两，送他离开了。

宋江到了江州之后，因为在酒楼上写反诗，被官府判了死刑。李俊、李立跟着梁山好汉一起劫法场，后来一伙人一起上了梁山。李俊绰号“混江龙”，水上功夫很好，后来担任了梁山水兵的第一号头领。

在梁山，李俊、李立度过了一段自由自在的日子。但是后来宋江执意要接受朝廷的招安，为朝廷平叛，二人在战斗中立下了不少功劳。一次，他们得胜归来，驻扎在东京城下，但是朝廷却下令说：“梁山好汉只能在城外等候，不能进城！”这明显是看不起梁山兄弟。李俊非常愤怒，他去找吴用，说：“朝廷用咱们的时候，就把咱们派出去拼命，用完了，就把咱们晾在城外喝西北风，分明是不把咱们当人看！我们不如杀到东京城去，大肆劫掠一番，然后继续回梁山当山大王，逍遥快活……”

吴用知道宋江一定不肯重回梁山，拒绝了李俊的提议。此时，李俊已经萌生离开梁山军队的想法。后来，朝廷又派梁山好汉征讨方腊，绰号“催命判官”的李立没能“催”别人的命，自己却把命丢在了战场上。当年的好搭档死了，李俊彻底心灰意冷，打败方腊之后，他假装生病，带着手下人坐船离开大宋，到暹（xiān）罗国去了。

暹罗国是个小国家，大概就是今天的泰国附近。像李俊这样的人物去了那以后，没有人是他的对手，他居然当上了国王，绝对是祖坟冒了青烟。但是，李俊还会经常想起在揭阳岭和李立一起逍遥自在的日子。

穆弘・穆春

活下去才算赢

姓　名	穆弘、穆春
绰　号	没遮拦、小遮拦
星　号	天究星、地镇星
梁山排名	24、80
动物形象	藏獒 (áo)
人物简介	穆弘和穆春，虽然是亲兄弟，但是在梁山上的地位却相差很多。穆弘排名 24，同时是梁山“八骠骑”之一，属于战斗力非常强的人物。穆春排名 80，基本没有在战场上露脸儿的机会。兄弟俩很像獒犬，大多数时候凶得很，但是对自己重视的人却很忠诚。

揭阳三霸中，首屈一指的要数没遮拦穆弘和小遮拦穆春兄弟，毕竟他们两个盘踞在镇子里头，比那占山为王、据水为匪的野生土匪显得要高端。

穆弘、穆春两兄弟欺行霸市，非常嚣张，就像他们的绰号一样——想找谁的麻烦，根本就没有遮拦。在揭阳镇，谁要是想做生意，首先就得去拜见他们兄弟两人，要不然这兄弟俩肯定来找事，生意根本就做不下去。

某天，一个叫薛永的人来到揭阳镇，他不知道揭阳镇的

规矩，直接在大街上摆摊卖艺。穆家兄弟很不高兴，对揭阳镇的百姓说："谁也不许给那卖艺的人钱，否则别怪我不客气！"

有穆家兄弟的指令，揭阳镇谁还敢给薛永钱。

此时，宋江正好从此路过。原来，宋江在揭阳岭辞别了李俊、李立两个人之后，便来到了揭阳镇，打算在此休息一天，然后去往江州。他在揭阳镇大街上见薛永表演功夫，便驻足观看。

宋江看了一会儿，发现薛永和一般江湖卖艺的不同，他表演的武术是真功夫，而且是那种很高深的功夫。宋江忍不住叫好，还给了薛永一些钱。这时候，一直在旁边的穆春跳了出来，大叫道："我都说了，揭阳镇的所有人都不许给这个人钱，你这黑脸汉子故意和我作对吗？"

宋江说："我给他钱，关你什么事？"

穆春在揭阳镇横行霸道惯了，以前没人敢跟他顶嘴，见宋江居然还敢怼自己，便说："好哇，你还敢顶嘴！"说完抄起拳头便要去打宋江。眼看两人就要动手，薛永冲了过来，只用了一招，便把穆春撂倒。

穆春气愤不已，但也知道对方不好惹，便撂下狠话："你们两个给我等着，我去叫我哥！"

穆春急赤白脸回到家中，没有找到他哥哥，却先碰见了他老爸穆老太爷。穆老太爷问：“你这孩子着急忙慌的干啥？”

穆春说：“我找我哥。”

穆老太爷问：“找你哥干啥？”

穆春说：“我被人打了！”

穆老太爷当时很紧张。因为他知道，自己这两个儿子虽然混蛋，但是却非常看重兄弟感情，要是穆弘知道穆春被人打，一定会不计代价地报仇，便对穆春说：“你不要告诉你哥，他知道了又要去找人家拼命！”穆老太爷说了个“又”字，证明这样的事以前发生过。

但是，穆老太爷的话还是说晚了。穆弘已经听见穆春刚才说的话，他们两人不顾老爸的劝告，提着刀，带着人，去追杀宋江。当时宋江已经走远，两兄弟一直追到浔阳江边上，才终于追上。

宋江见穆弘、穆春两兄弟气势汹汹地追来，赶紧上了一条船逃跑。穆家兄弟对撑船的船夫大喊：“你给我回来！你船上的那个人与我有仇，我要抓他。”

那船夫却说：“你叫我回去我就回去，凭什么？我是不会把人给你们的，我还要请他们吃板刀面和馄饨呢！”说完便划着船走远了。这船夫为什么不怕穆家兄弟？因为他的名字

叫张横，也是揭阳三霸之一。在揭阳镇，穆家兄弟说一不二，但在这浔阳江上，张横才是地头蛇。

穆家兄弟抓不住宋江，就回头擒住了薛永，还把他关了起来。宋江知道这件事后，带着一帮江湖好汉向穆家兄弟要人。穆家兄弟这才知道，原来这个黑脸汉子正是江湖上大名鼎鼎的宋江，他们赶紧向宋江请罪，并放了薛永。

后来，宋江在江州落难的时候，穆家兄弟也参与了劫法场，之后跟着众好汉一起上了梁山。到了梁山之后，穆弘依然照顾着弟弟穆春，他在前线舍生忘死地打仗，却把穆春留在后方当后勤。穆春年少不懂事，不知道哥哥为什么不让自己上战场杀敌，他气呼呼地找到穆弘：“哥，我要跟你一起去打仗！”

穆弘劈头盖脸就骂：“你以为打仗好玩？那是要死人的。你给我滚回去！”穆春虽然混蛋，但是对哥哥的话却不敢不听，只好垂头丧气地走了。

数年后，穆弘与敌人作战身负重伤，眼看性命不保。穆春守在哥哥床前，大哭道：“我要用余生之力，为你报仇！”

穆弘道：“哥哥命令你，余生只做一件事——拼尽全力活下去！”

穆弘死后，穆春埋葬了哥哥，离开梁山军队，回到了揭阳镇。那里满是关于兄弟俩的回忆，让他觉得很安心。

天罡 张横·张顺

玩水狠人

姓　名	张横、张顺
绰　号	船火儿、浪里白条
星　号	天竟星、天损星
梁山排名	28、30
动物形象	水鸟、食人鱼
人物简介	张横、张顺在陆地上武功稀松平常，但是到了水上，那便如同回了家一样，可以称霸整片水域。他俩是梁山的水军头领，水上作战时，他们是绝对的主角。

船火儿张横、浪里白条张顺兄弟俩，本是一对水匪，常年在浔阳江上打劫。

哥哥张横撑一条船停在岸边，假装是摆渡的船夫；弟弟张顺假装是路过的客商，跟着其他要渡河的客人一起上船。等张横把船开到江心处，便扔掉手中的船桨，拿出大刀，问船上的人："你们是想吃板刀面，还是想吃馄饨？"所谓"板刀面"，就是一刀将对方砍翻，抢走钱财，尸体扔到江里；所谓"馄饨"，就是让对方自己跳进江中，自生自灭。

大多数人见张横拿出大刀，都会乖乖地把钱给他。但是，也有人不相信他敢杀人，坚决不交钱，这时候张顺就要发挥作用了。他假装成一个非但不交钱还胆敢反抗的家伙，与张横在船上装模作样地打斗起来。两人过上几招之后，张横便会把张顺扔到江里。

其他人见张横真的敢杀人，都吓得要尿裤子，赶紧服服帖帖地把身上的钱财一股脑儿交给张横。实际上，张顺最善于潜水，他被张横扔下水后，早就悄悄地游走了。

兄弟俩的这个“买卖”本来干得挺好，后来弟弟张顺觉得总是当水匪有点儿太掉价，便去江州城里转行当渔民。他水性非常好，武功又高，很快就成为渔民中的领头人，当时人们管这种人叫“鱼牙”。

张横不愿意当渔民，依旧在浔阳江当水匪，但他的“买卖”越来越差。首先是因为“浔阳江有水匪”的消息逐渐传开，人们都不敢在江边坐陌生人的船；其次是因为只剩下张横一人抢劫，太厉害的人他还不敢抢，“目标客户”数量大大减少，经常连着好几天都抢不到一个人。

一天，张横独自坐在船上，他已经两三天都没开张了，非常惆怅。此时，有三个人急匆匆跑到岸边，为首的一个黑脸汉子看见张横便说：“船夫，麻烦你赶紧载我们渡河。”说着便跳上船来。

黑脸汉子不是旁人，正是在揭阳镇得罪了穆家兄弟，正在被追杀的宋江。

张横不认识宋江，见有人来坐船喜出望外，心想：“平时连哄带骗都没人上船，今天这三个家伙居然自己跳了上来，这不是姜太公钓鱼——愿者上钩吗？”他喜滋滋地把船划离岸边。此时，后面有群人追了过来，大喊道：“你给我回来！你船上的那个人与我有仇，我要抓他。”

张横定睛一看，原来是号称“揭阳镇霸王”的穆弘、穆春两兄弟，心想我好不容才找到目标，可不能把人交给他们。他于是说：“你叫我回去我就回去，凭什么？我是不会把人给你们的，我还要请他们吃板刀面和馄饨呢！”穆弘、穆春拿张横没办法，只好悻悻而归。

一旁的宋江见仇家离开，松了一口气，对另外两个公差说：“今天咱们运气不错，碰上了大好人，不仅帮咱们脱险，还要请咱们吃饭呢！”

此时，船已经划到江心。张横笑嘻嘻地对宋江说：“对，我不仅要请你们吃板刀面，还要请你们吃馄饨，可这俩你们只能挑一样。”

宋江发现情况有点不对，问：“敢问板刀面在哪儿？馄饨又在哪儿？”

张横凶相毕露，说："板刀面就是让小爷我砍你一刀；馄饨就是你把钱财留下，自己乖乖跳进江里去。"

宋江和两个公差傻了眼，不约而同地想起一句话："才出狼窝，又入虎口。"正当他们心惊胆战之时，远处传来一个声音："张横兄弟，休要造次，你船上的人是宋江哥哥。"原来是李俊、李立他们来了。张横听说那黑脸汉子是宋江，顿时大惊失色，说："宋江哥哥，我不知道是你到此，多有得罪。"

这种事儿宋江见得多了，说："咳，我还活着呢，就谈不上得罪。"

宋江脱离险境后，继续往江州走。临走时，张横对宋江说："宋江哥哥，我弟弟张顺就在江州，你若见了他，麻烦你帮我给他送个信。"

宋江答应了他的请求，便离开了。没想到，宋江在江州城里真的遇见了张顺，他把张横的信给了他，还捎带化解了张顺与李逵的矛盾。再往后，宋江因在酒馆里写反诗被判死刑，张横、张顺也参与了劫法场。此事过后，兄弟两人便跟着宋江一起上了梁山。

在梁山，张顺、张横兄弟是水军的头领。高俅带兵征讨梁山时，他们两个潜至水底，凿漏了高俅的战船，立下了大功劳。

天罡

戴宗

真是笑死人

姓　名	戴宗
绰　号	神行太保
星　号	天速星
梁山排名	20
动物形象	马
人物简介	古代形容宝马良驹，往往会说"日行千里"。戴宗的速度比宝马丝毫不差，耐力也异常强悍。在那个交通工具匮乏的年头儿，有这么一个跑得比一般马还快的人物，是梁山的幸运。

戴宗绰号"神行太保"，他跑得快，体力好，一天能跑八百里，差不多是十个马拉松的距离。

江湖上有句话"能打的不如能跑的"，就是专门说戴宗的。打得过就打，打不过就跑，关键是对方还追不上，你说气人不气人。戴宗的敌人只有两个下场：不如他能打的，会被他打死；比他能打的，会被他气死。

戴宗的职务是江州两院押牢节级，放到现在相当于江州市监狱长，正儿八经的官员。当时的朝廷腐败无能，大小官员都千方百计地给自己捞好处，戴宗也一样，收受贿赂是家

常便饭——进监狱的犯人如果一毛不拔，哪有你好果子吃；若是肯花钱，自然另当别论。

一个级别不低、油水很足的官员为什么会上梁山呢？这事还得从宋江说起。宋江被捕之后，被判发配江州，江州正好是戴宗的地界，于是宋江成了戴宗管辖下的一个囚犯。

宋江知道江州有戴宗这么一号人物，也知道他和江湖人物走得很近，但是自己作为一个囚犯，想要见监狱长可没那么容易。于是，他想出一个办法——故意不给狱卒送钱，打死都不送！

一天，一个狱卒来找戴宗，说："咱们牢里来了一个硬茬子，坚决不送钱。"戴宗一听就火了："还反了他了！我亲自去收拾他。"来到监狱，戴宗咬着牙对宋江说："就你啊？到这儿了还敢不花钱！"

宋江说："只因我想见你一面。"

戴宗有点疑惑，问："你谁啊？为啥要见我？"

宋江说："我是宋江。"

此时的宋江，已经是名满江湖的大人物。戴宗一听，马上改口叫"宋江哥哥"，还要请宋江吃饭。有了戴宗的照顾，宋江把江州大牢当了宾馆，想来就来，想走就走。一天，他独自去酒楼喝酒，因写了反诗，因此被官府给抓了。

抓宋江的官叫蔡九，是当朝宰相蔡京的儿子，他觉得自己立了大功，便想赶紧派人到京城去给父亲报喜。派谁去呢？当然是日行千里的神行太保戴宗。戴宗接到任务，心里暗想：宋江哥哥大难临头了。但他也没什么好办法，只能踏上进京的路，走一步算一步。

戴宗路过梁山泊附近时，到一家小酒馆休息。这小酒馆正是梁山好汉朱贵开的那家黑店。朱贵不认识戴宗，但见他穿得一身富贵，便将他迷晕了。戴宗身上没带多少钱财，却带了一个铜牌，上面写着“江州两院押牢节级戴宗”。这铜牌叫“宣牌”，相当于古代官员的工作证。朱贵惊道，原来此人是戴宗，宋江哥哥就在他手里。他看到戴宗身上还带了一封信，一看不得了，原来信中说：“父亲大人，我抓住了反贼宋江，特来请示是当场杀了，还是送到京城再杀？”

朱贵心想：“听说戴宗也是个江湖好汉，和宋江哥哥关系还挺好，他为什么要给蔡京送信杀宋江呢？不行，我得问问。”朱贵给戴宗喝了解药，戴宗醒过来，问：“你是什么人？为什么要给我下药？还把官府的信件拆开了？”

朱贵说：“拆官府一封信算什么！我们专门和官府作对，皇帝老子来了也不怕！”

戴宗听对方口气这么大，小心翼翼地问：“敢问好汉什么

来头？”

朱贵说：“我便是梁山好汉，朱贵。”

听到“梁山好汉”这四个字，戴宗心想：“宋江哥哥有救了！”他说：“朱大哥，宋江哥哥命在旦夕，你们得赶紧想办法营救。”朱贵自己拿不了主意，便把吴用等人叫来，商量对策。

吴用想了半天，终于想出一个好办法——伪造蔡京的书信，让蔡九押送宋江进京，半路上趁机将宋江劫走。

大家都觉得这是个好办法，便去请了两个伪造书信的高手，写了一封蔡京的回信交给蔡九。谁知道，这封书信伪造得并不成功，被蔡九手下的黄文炳识破了。这下可糟了，不仅宋江要被砍头，就连戴宗也因“勾结反贼、伪造官文”被判了死刑，和宋江一起被押到法场。眼看就要人头落地，关键时刻，梁山好汉一齐出动劫了法场，将戴宗和宋江一起救了出来。

死里逃生的戴宗走投无路，只好跟着宋江等人一起上了梁山。

在梁山，戴宗充分发挥“日行八百里”的特长，始终很忠诚地为梁山服务。后来，宋江接受招安，梁山好汉们被派去攻打方腊，许多兄弟都死在了战场上。戴宗虽然活了下来，但却已经厌倦打打杀杀的生活，于是离开梁山出家了。

奇怪的是，归隐的戴宗没过多久就死了，而且死前无病无灾，只是哈哈大笑喊了句:“朝闻道，夕死可矣！”便无疾而终。

戴宗究竟为何发笑？他又悟出了什么样的道理？谁又能知道呢？

天罡

李逵

很傻很天真

姓　名	李逵（kuí）
绰　号	黑旋风
星　号	天杀星
梁山排名	22
动物形象	野猪
人物简介	在梁山，李逵是少数几个武功一般、智商一般，但地位却很高的人物。上梁山后，他是“步军十头领”之一，是梁山步兵的高级指挥官。他能得到这个职位，可能是因为他与宋江的交情比较好。

李逵有个很萌的小名，叫铁牛。他还有个很拉风的绰号——“黑旋风”。这个绰号太形象了，李逵这个黑莽汉就像龙卷风一样，没规矩、没脑子——想往哪儿刮就往哪儿刮，有时候连他自己都不知道会刮到什么地方。

李逵也承认自己没脑子，不过他却说：“俺铁牛不需要脑子，因为宋江哥哥就是俺铁牛的脑子。”李逵和宋江第一次相见的场面有点儿混乱。

当时，李逵和别人赌钱，他没脑子，自然输得掉裤子。

另外，李逵不仅脑子不好，人品还差劲。输光钱财后，他恶向胆边生，把赢他钱的人暴打了一顿，抢了人家的钱就跑。

正在此时，戴宗和宋江刚好路过，制止了他的恶行，让他把钱财归还给人家。李逵平日里只服两个人，第一个是戴宗，因为戴宗既是他的上司，也是他的恩人，没有戴宗他恐怕连个工作也混不上；第二个就是宋江，李逵非常仰慕江湖上人人称道的“及时雨”宋江。

现在，两个他最服的人同时出现，李逵自然不敢造次。他把钱还给了人家，跟着戴宗、宋江到江边的酒楼上吃饭。饭桌上，李逵充分显示了自己的“野猪”本色——一个人吃光三个人的饭，还嫌不够，又吃了二斤羊肉才算半饱。饭都让李逵吃了，宋江没吃饱，便说：“要是能有一条鲜鱼做鱼汤就好了。”

李逵逞能，说：“这还不好办？我马上就到江边搞几条回来。”来到江边，李逵径直去抢渔民的鱼，渔民不服，与他打了起来。渔民里有一个好汉叫张顺，绰号“浪里白条”，他出面与李逵“单挑”。在陆地上打斗，张顺自然不是李逵的对手，宋江和戴宗在楼上看到李逵又在打人，赶紧来到江边制止，李逵只好放了张顺。

张顺不服，跳进水里，挑衅李逵说：“黑厮！有本事你下水来，咱们一决雌雄！”李逵二话不说，一个猛子扎进水里就要拼命。可他一个旱鸭子，怎么打得过自小玩水的张顺？他被暴打一顿不说，还喝了满肚子的水，险些被淹死。

宋江见李逵要倒霉，赶紧对张顺说：“我是宋江，和你哥哥张横有交情，看在我的面子上放了我兄弟吧！”张顺也知道宋江的名头，便把李逵拖上了岸。

从此之后，李逵便对宋江忠心耿耿，上了梁山之后，李逵就如同宋江手里的一把刀，宋江让他做什么，他便做什么。这世上，除了宋江，李逵谁也不服，谁的话也不听。有宋江在的时候，李逵还算消停，一旦离开宋江，李逵必然会惹是生非。

一次，宋江派李逵下山办事，他居然闯进了县衙里。作为一个被朝廷通缉的土匪，李逵闯进县衙之后大声叫道：“俺就是梁山好汉黑旋风李逵！”

县衙中的人都知道李逵是个杀人不眨眼的魔王，纷纷躲了起来。李逵大摇大摆地坐到了县太爷的椅子上，大叫道：“出来两个人，不然俺一把火将这鸟县衙烧了！”

衙役生怕房子被烧，硬着头皮现身。李逵问：“你们县太爷呢？让他出来见俺。”衙役们说：“县太爷听说您来了，早不知跑哪儿去了，慌里慌张的连衣服都没穿。”

李逵到县太爷的房间一看，果然衣服还在，人却没影儿了。他把县太爷的官服穿上、官帽戴上，问衙役："你们看俺帅不帅？"

众人齐望去，只见五大三粗的李逵，穿着明显小两号的官服，就如同包饺子馅儿放多了一样——皮儿都快撑破了，样子非但不好看，简直好笑。可众人却不敢实话实说，纷纷忍俊不禁说："帅，帅，帅呆了。"

李逵很得意，说："好，那俺就升堂断案！"

衙役赶紧说："回老爷，可是现在没有人告状，不用断案。"

李逵不高兴了，说："那你们就装成告状的人，让俺断一回案！"

衙役们不敢不听，只好派了两个人假装告状。县城里的百姓听说"县太爷"要判案，也纷纷前来围观。两个假装告状的人跪在县衙大堂上，其中一个指着另一个人，说："老爷，他打我！"另一个人说："他先骂我，我才打他的！"

李逵装模作样地说："打人的是好汉，被打的是怂包。来人，把那被打的家伙再打一顿！"围观的百姓们见"县太爷"胡乱断案，纷纷大笑。

回到梁山见到宋江，李逵就老实多了。宋江说一他绝不说二，宋江让往东他不敢朝西。只有那么一次，李逵跳出来反对他的宋江哥哥。当时，宋江要投降朝廷，接受招安，皇帝派了使者前来宣诏受降。诏书里说:“本来朝廷是要收拾你们这帮反贼的，但是既然你们要投降，就饶了你们。从今天起，你们要老老实实，要不然照样没你们好果子吃！”

此时李逵跳了出来，一把夺过诏书扯个粉碎，还暴打了朝廷的使者。李逵一边打一边说:“这天下是大宋，俺宋江哥哥也姓宋，俺哥哥就不能做一回皇帝老子？你惹恼了俺，把你们这些人一个个都杀了！”经过李逵这么一闹，梁山的第一次招安失败了。不过，最终宋江还是带着梁山归降了朝廷。

可是，朝廷怎么会信任他们这些反贼呢？梁山好汉投降之后，不少人都被朝廷害死了。宋江被害死之前，知道自己死了没人能管住李逵，便把李逵叫到身边，让他喝下毒酒。可怜黑李逵，一生浑浑噩噩、打打杀杀，只把宋江当成神明一样敬畏，却最终死在宋江哥哥手上。

萧让·金大坚

知识改变命运

姓　名	萧让、金大坚
绰　号	圣手书生、玉臂匠
星　号	地文星、地巧星
梁山排名	46、66
动物形象	变色龙、狗熊
人物简介	萧让和金大坚属于梁山上的技术工种。萧让擅长模仿名人书法，就如同变色龙一般，能够惟妙惟肖地模仿他见过的东西。金大坚则五大三粗，看起来像狗熊，但实际上他心灵手巧，属于古代的雕刻大师。

萧让和金大坚，本是济州城里的好市民。萧让中过秀才，是当时著名的书法家；金大坚是远近闻名的雕刻师。他俩都算是技术专家，家境殷实，老婆孩子热炕头，小日子过得还不错。

这天，有个叫戴宗的人把他们俩叫到一起，说："我要雕刻一个大石碑，想请二位帮忙。"说完，戴宗拿出一百两银子，给了他们每人五十两。这可不是一笔小钱，能买好几头牛置好几亩地。萧让、金大坚两人对视一眼，不约而同地点头，

说：“好，你的工程我们承包了！”

两人跟着戴宗出了城，戴宗却说：“我还有点事要办，你们两位先走，就沿着这条路一直向前，走个二三十里就到了，那里有人接应你们。”萧让、金大坚没多想，对戴宗说：“你有事就先走吧，我们一定把活给你干好。”戴宗意味深长地笑了笑便走了。

萧让、金大坚走了二三十里，没有发现接应他们的人，却遇到了一群山贼。为首的五短身材，看起来很凶，“哇呀呀”地冲了出来。萧让和金大坚虽然属于专家型人才，但也不是好欺负的，寻常毛贼他们根本不放在眼里，两人操起随身携带的棍子就上前与敌人搏斗，不想又有一群山贼从山上杀了下来。

这群人正是梁山好汉，那个五短身材的家伙，就是“矮脚虎”王英。萧让和金大坚哪里是他们的对手，很快就被打倒。但是对方并没有下黑手，而是将他们扶了起来，说：“我们是梁山上的好汉，特来请二位上山，希望二位赏脸。”

萧让、金大坚看着对方手里明晃晃的刀子，心想：“我敢不赏脸吗？”二人跟着王英他们一起上了梁山，见到了吴用。吴用说：“请二位上山，是想让你们二位帮我伪造一封奸臣蔡京的书信，用来帮助宋江哥哥脱困，同时也希望二位能够上山聚义。”

萧让脑子快，说：“我自己对当土……不，聚义这件事情还挺感兴趣的，只不过家里上有八十老母，下有几岁的孩子，条件不容许啊。”

一旁的金大坚赶紧说：“对对对，我也是，我老母亲都九十了，孩子才九个月，实在需要人照顾。”旁人一听他的话就知道是胡说八道。但是吴用却似乎很理解他们，笑盈盈地说：“既然二位都舍不得家人，那也好办，把你们家人一并请上山来不就行了？”两人刚想说话，只听身后传来一个声音：“萧让、金大坚，我已经把你们的家眷都请上山了。”二人回头一看，是戴宗。

原来，戴宗与二人分别后，便回到了济州城，把萧让和金大坚的家属骗到了梁山上。两人既无奈又害怕，只能叹气，事已至此，不上梁山也不行了，两个守法公民瞬间变成了“梁山悍匪”。

梁山为什么要费尽周折把这两个人骗上山呢？原来是因为蔡京这个人非同一般，他是大奸臣，同时也是当时著名的书法家。想要伪造他的书信，一般人不行，必须得书法造诣（yì）很高的人才能胜任，梁山好汉必须要把“圣手书生”萧让骗上山来。至于金大坚，则主要负责伪造蔡京的印章。古

代的印章相当于现在的“防伪标志”，一般人很难伪造。金大坚号称“玉臂匠”，是这方面的顶级高手。

这两个人加班加点，很快就伪造了一封蔡京写给儿子蔡九的信。信中说：“你抓到宋江我很高兴，赶快派人把他送到京城，我在皇上面前为你请功。”信的最后，还盖着蔡京的印章。假信做好之后，戴宗便拿着下山去了。

戴宗走后不久，吴用突然一拍大腿，说：“完蛋了！那封信有漏洞，一定会被蔡九识破。”萧让说：“我写的字跟蔡京一模一样，不可能被识破。”金大坚则说：“我做的印章也可以以假乱真，绝对不会出错。”

吴用说：“和你们没关系，只不过我们疏忽了一件事情——蔡九是蔡京的儿子，老子给儿子写信，上面怎么会盖印章呢？那蔡九看到印章，一定会发现信是假的，我们真的是多此一举。”吴用赶紧派人下山去追戴宗。可此时的戴宗已经回到官府，把信交给了蔡九。蔡九原本没看出戴宗交给他的是假信，但是他手下的奸人黄文炳却看出来了。蔡九勃然大怒，判处宋江斩立决，还把戴宗也捎带着判了死刑。正当宋江、戴宗要被砍头时，梁山好汉呼啸而至，劫了法场，一群人浩浩荡荡地回了梁山。

后来，宋江带领众人接受了朝廷的招安，其他梁山好汉都被朝廷派出去打仗，死的死，伤的伤，很少有人活到最后。但由于萧让和金大坚属于技术型人才，他们没有参与后来的战争，而是被朝廷派到了技术岗位上发挥特长。最终，这两位在京城又过上了幸福的小日子。

萧让和金大坚时常还会聚一聚，小酌两杯。酒酣之际，金大坚总是说："人哪，还是得有一技之长。"萧让也感慨："知识改变命运，一点儿没错。"

石勇

平台很重要

姓　名	石勇
绰　号	石将军
星　号	地丑星
梁山排名	99
动物形象	牛头梗
人物简介	作为梁山好汉排名第九十九的好汉，石勇的武功比较平常，但是他却有敢于向任何人亮剑的勇气。就像牛头梗，不管打得过打不过，就是一个字——猛。

宋江在江湖上“粉丝”很多，石勇算是其中的“铁粉儿”。

梁山好汉大多不是平常人，各有特点，石勇的特点尤其突出：丑，脸色焦黄，而且尖嘴猴腮，贼眉鼠眼，简直丑出了特点，丑出了风格，让人过目不忘。如果说他还有点儿长处的话，那就是个子比较高，但好看的人个子高叫“高大威猛”，石勇个子高，便是“傻大个儿”。

石勇的拳脚功夫很厉害，有个绰号叫“石将军”，但这位“将军”不上战场，每天混在赌场里，还经常输得丢盔弃甲。一天，石勇又在赌场里输惨了，与人起了争执，三拳两脚打

死了对方，从此在老家待不下去，只能流落江湖。

在江湖上，石勇听说了宋江的名号，还听说宋江这个人最讲义气，最爱帮助江湖好汉，便去宋江的老家郓（yùn）城投奔他。

来到宋江家，石勇见到了宋江的弟弟宋清。宋清告诉他："我哥哥杀了人，如今跑到清风寨去了。"石勇一听，心想："得，我还巴巴地来投奔宋江，指望他收留我呢，原来他自己也是泥菩萨过江——自身难保！"

正当石勇垂头丧气打算离开时，宋清说："我给哥哥宋江写了一封信，如果石勇兄弟要去找我哥哥的话，请帮我把这封信带给他。"石勇心想："反正我闲着也是闲着，就把信带上呗！要是真的能碰上宋江，也算是帮了他一个忙，他得领我的情。"

于是，石勇便带着宋清写给宋江的信上路了。

一天，石勇路过一家酒馆，嘴馋了，便进去喝酒。刚坐下，只见从远处过来一群人，为首的是一个黑脸的汉子。这帮人走进酒馆，对酒保说："我们人多，麻烦你让那位客人挪个地方，我们好坐到一起。"

来人说的正是石勇，石勇一听不乐意了："凭什么让我给你让座？你以为你算老几！"所以，当酒保让他换座位时，石勇只回答了一个字："滚！"

他这个字刚一说出口，那群人里头就有几位不高兴了，看起来要动手的样子，但是黑脸汉子却说："不要冲动，我们挤一挤就坐得下了。"

石勇心想："算你小子识相，要不然我石将军一个人挑了你们这一帮子！"石勇的这个想法就有点不自量力了，因为刚才进来的那一帮人不是别人，正是宋江、秦明、花荣、燕顺等人。他们大闹清风寨，被官府围剿，走投无路要上梁山，正好半道儿上遇见石勇。这帮人随便拿出一个来，石勇都不是对手，尤其是秦明、花荣，人家那是真正的将军。石勇这样的假将军，七八个绑到一起也打不过。

过了一会儿，酒保又过来对石勇说："客官，麻烦你还是让一让吧，他们那边实在坐不开，行个方便。"

石勇蛮横惯了，直接破口大骂，把店小二骂得狗血喷头。宋江他们中的燕顺忍不住了，说："你也就敢对酒保无礼。"

石勇火气一下子上来了，说："我就无礼了怎么样？天底下只有一个人配我给他让座，其他人在我眼里一文不值，皇帝老子也一样！"

黑脸汉子宋江问："皇帝老子你都不服，那你服谁？"

石勇说："宋江！"

宋江哈哈大笑，问："你见过宋江？"

石勇顿时有点气馁，说："我……我……我没见过……"此时他突然想起一件事，便接着说道："但是我有宋江的弟弟写给他的家信！"

宋江听说石勇身上带着弟弟写给自己的信，很激动，说："我就是宋江！"

石勇听说偶像就在眼前，瞬间有点激动，说不出话来："你……你……你就是宋江？我……我……我有眼不识……"他的话还没说完，宋江便说："请你把我的家信交给我吧！"

石勇拿出信给了宋江。宋江打开信一看，上面写着："父亲亡故，请速回家。"宋江顿时泪如雨下，说："我父亲过世了，我必须要回家去。"众人无法挽留，只好让宋江一个人回家去了，因此，宋江第一次的梁山之行以失败告终。

不过，石勇却因此找到了"组织"。他跟着秦明、花荣等人一起上了梁山，瞬间从江湖上的一个小毛贼变成令人闻风丧胆的"梁山好汉"。从那以后，石勇相信了一个道理：平台很重要！

童威·童猛

盐贩子凶猛

姓　名	童威、童猛
绰　号	出洞蛟、翻江蜃
星　号	地进星、地退星
梁山排名	68、69
动物形象	水獭
人物简介	童威、童猛兄弟如同水獭一般，常年生活在水边。二人原本在浔阳江上贩卖私盐，后随梁山众人劫法场，并上了梁山。招安后二人随宋江征讨方腊，取胜返回时，因不愿做官，同李俊一起到暹罗国去了。

童威、童猛两兄弟看起来就挺威猛，也算对得起爹妈给他们起的名字。他们两个在揭阳岭下浔阳江上贩卖私盐，跟揭阳岭霸主李俊非常要好。

在古代，食盐是紧俏物资，只有朝廷有资格销售。有时，朝廷会把食盐的价格定得比较高，可是人们又不能不吃盐，所以只能花高价买盐。于是，就有人瞅准时机私自贩卖食盐，他们的盐叫作“私盐”，价格比朝廷卖的食盐低很多。由于这些贩卖私盐的人抢了朝廷的生意，官府便将他们视作罪犯，抓到之后甚至会处以死刑。所以，古代的私盐贩子大多数是“提着脑袋过日子”的亡命之徒，童威、童猛两兄弟就是这样的人。他们用船把私盐从下游运往上游，半路上如果碰到官兵，便会像水獭一样潜入水中，悄无声息地逃走。

一天，李俊对童威、童猛说：“听说‘及时雨’宋江要路过揭阳岭，咱们不妨半路等着他，认识下这位江湖上大大有名的人物。”童威、童猛也久仰宋江大名，便和李俊一起去等宋江。他们三人来到李立开的黑店，刚一进门，李立就喜滋滋地迎上来，说：“今天有大收获，我用蒙汗药蒙翻了三个人，其中一个黑脸汉子很有钱。”探查之下他们才发现，这个黑脸汉子就是宋江，自然不会再谋他财、害他命，反而和他成了很好的朋友。

后来，宋江在浔阳江上被张横打劫，险些丢了性命，又是李俊带着童威、童猛救了他。又过了一段时间，童威、童猛听到一个大消息：宋江在江州城一个酒楼上写反诗，被判了死刑。他们兄弟两个和李俊、穆弘、张横等人想要营救宋江。李俊说：“宋江哥哥和梁山好汉有深交，他们一定会去营救，而我们的任务是接应他们。这样吧，我、张横、穆弘等人，把船开到江上，随时等待接应他们；童威、童猛兄弟二人进城打探消息，等梁山好汉营救成功之后，你们两个就把他们

带到我的船上来。”

童家兄弟接到任务后，便悄悄潜入江州城去打探消息。

到了宋江、戴宗行刑那天，官府如临大敌，派了几百名官兵守在法场。童威、童猛看见这个阵势，心里暗暗着急：“这么多官兵守在此处，梁山好汉能把宋江救出来吗？”他们两个打定主意，待会儿不管情况如何，都要出手相助。

此时，刑场的东边突然传来一阵嘈杂声，原来是一些乞丐要往人群中挤。官兵上前拦住，乞丐们却说：“我们就想看看杀犯人，又没犯王法，你拦我们干啥？”西边则来了一伙脚夫，也要往人群中挤，也说是要看杀头的热闹。

外边正闹哄哄的时候，宋江和戴宗两个人已经被押到了刑场中间。监斩官下令：“斩！”这个“斩”字刚一出口，只见从刑场旁边的小楼上跳下一个人来，此人手拿两把板斧，长得五大三粗、黑黢黢的，落地之后猛然跳到宋江、戴宗身边，把他俩身边的刽子手瞬间砍倒。童威、童猛认得这个人，他就是戴宗的手下、江湖人称“黑旋风”的李逵。

官兵见李逵要劫法场，纷纷上前抓他。童威、童猛正要上前帮李逵，只见刚才闹事的那些乞丐、脚夫都冲了上来，与官兵打成一团。这些人其实都是梁山好汉假扮的，共有晁盖、花荣、黄信、阮家兄弟等十七人，还有两百多名梁山的小喽啰。童威、童猛赶紧和梁山好汉一起去打官兵。

劫法场的梁山好汉人数虽然少，但各个武艺高强，如同切菜砍瓜一样把官兵杀得哭爹喊娘。尤其是李逵，更是如虎入羊群，一对大板斧上下翻飞，让官兵避之不及。童威、童猛看到好汉们暂时震慑住了官兵，赶紧大喊道："梁山兄弟们，咱们从北门杀到江边去，那里有船只接应。"说完，便带着梁山好汉逃出城外。

童家兄弟带着梁山好汉刚出城，大队官兵就从城内追了出来。杀红了眼的李逵才不管对方有多少人，提着板斧就去拼命，其他好汉也纷纷上前助阵，又把官兵杀了回去。而此时，张顺、张横、李俊、李立、穆弘、穆春、薛永等人开着船来到江边，梁山好汉赶紧上船离开了江州城。

经过此事，参与劫法场的所有好汉都上了梁山，童家兄弟自然也不例外。上到梁山之后，他俩发挥特长，当了梁山的水军头领，立下不少功劳。

地煞

薛永·侯健

有个好裁缝太重要了

姓　名	薛永、侯健
绰　号	病大虫、通臂猿
星　号	地幽星、地遂星
梁山排名	84、71
动物形象	花狸猫、猿猴
人物简介	薛永出身军人世家，练就一身正儿八经的真功夫，但是家道中落，只能以街头卖艺为生；侯健武功虽然不咋地，但却是梁山上唯一一个裁缝。或许正是因为他的职业不可缺少，所以他在梁山上的排名比他师父薛永还靠前。

薛永是江湖上卖艺的，平时来往于各地之间，勉强混个饿不死。此人虽然落魄，但他祖上其实也不是一般家庭，他爷爷是个军官，在战场上立功无数，后来虽没留下什么遗产，但却传给子孙后代一套好武功。薛永没有其他本事，只能靠着祖传功夫行走江湖。因为他天生一副病恹恹的样子，却又比老虎还要勇猛，所以江湖人称“病大虫”。

一天，他来到揭阳镇，在最热闹的集市表演功夫。但是他卖力地演了很久，也没有一个人给钱。薛永心想：“这个地

方的人怎么回事，难道他们看不出我表演的是真功夫吗？”此时，人群中的一个黑脸汉子突然大叫一声“好”，然后掏出一块银子给薛永，说：“你这是真功夫，难得难得！”薛永非常高兴，赶紧说：“感谢阁下慷慨解囊，不知尊姓大名？”

那黑脸汉子说：“我叫宋江。”薛永记住了这个名字，正在此时，一个年轻人气势汹汹地走过来，大声质问宋江：“我早就知会大伙，这里的任何人都不许给他钱，你敢和我作对？”

宋江说：“我给他钱，关你什么事儿？”一旁的薛永这才明白过来：“怪不得我在这儿表演了一下午都没有赚到一分钱，原来是此人在背后捣鬼！”想到这儿，薛永也不说话，上去就是一招“黑虎掏心”，接着又是一招“金蛇出洞”，把那人打倒在地。

被薛永打倒的人叫穆春，是当地的小霸王。他知道自己不是薛永的对手，便去搬救兵，临走时对宋江、薛永说：“你们给我等着！有种就别走！”说完转身离开了。宋江和薛永不以为意，两人来到一个酒楼，想要喝一杯酒。谁知道酒楼的老板却不敢卖酒给他俩。宋江问老板原因，老板说：“你们得罪的那个人叫穆春，是我们揭阳镇一霸，若是他看见你在我酒店里喝酒，非得把小店给砸了。”

宋江和薛永心想：“原来得罪的是揭阳镇的霸王，看来此地不宜久留。”二人就此分别，各奔前程去了。薛永没走出多远，就被穆春带着人追上，他虽然武功高强，但架不住对方人多，而且那穆春的哥哥穆弘武艺也很高强。他抵抗了一番，最后还是被制服，痛打一顿不说，还被囚禁了起来。

薛永被关在柴房一天一夜，要吃没吃，要喝没喝，他心想：“这兄弟俩穷凶极恶，我落到他们手里，恐怕只能等死了。”就在此时，柴房的门“吱呀”一声打开了，是穆春走了进来。令薛永万万没想到的是，穆春不仅解开了自己身上的绳索，还满脸堆笑地说：“薛大哥，我们两个算是不打不相识，赶快随我到屋里去，咱们好好喝一杯。”

薛永有点儿蒙，小心翼翼地问道：“怎么？你们这里杀人之前也要给吃顿好的？”穆春哈哈大笑，说：“薛大哥，之前都是误会，你随我来，宋江哥哥等你好久了。”薛永一听宋江也在，更加疑惑，但此时已无路可走，只好跟着穆春亦步亦趋来到客厅。走进屋来，只见一张大餐桌上面摆满鸡鸭鱼肉、美酒佳肴，宋江坐在正中间，穆弘毕恭毕敬陪在旁边。见薛永进来，宋江站起身来，说：“薛永兄弟，之前都是误会，这穆家兄弟也是江湖上的好汉，咱们算是不打不相识。”

旁边穆弘也走了过来，说：“之前多有冒犯，还请原谅。刚刚我们才知道，原来是得罪了宋江哥哥和薛大哥，因此摆下酒席，向二位赔罪。”原来，宋江逃脱了穆家兄弟的追杀之后，遇见了张横、李俊等人。他们与穆家兄弟相识，因此带着宋江来找薛永。穆家兄弟知道他们之前追杀的黑脸汉子就是江湖上大名鼎鼎的“及时雨”宋江，感到非常惭愧，不仅摆酒招待宋江，还马上把薛永也放了，叫来一起喝酒。

薛永自然很高兴。他来到酒席之上，与各位英雄好汉一起喝酒聊天，心中却想：“宋江大哥果然是响当当的人物，不仅慷慨大方，在江湖上也很受尊敬，日后若能追随他左右，也不枉在江湖上走一回了。”

没过多久，薛永就真的实现了自己的愿望。当时，宋江因为题写反诗被押上刑场，眼看性命不保，梁山好汉出马劫了法场。宋江虽然得救，但是却对屡次陷害他的黄文炳怀恨在心，便想要杀了黄文炳，出口恶气。薛永得知了这件事，便主动去打探黄文炳的消息。

薛永来到黄文炳家之后，惊喜地发现，自己当年的徒弟侯健正在黄文炳家做工。这侯健是个裁缝，但是喜欢舞刀弄剑，薛永见他有点儿练武的天赋，便收了他为徒。如今，侯健正在黄文炳家中帮忙做衣服，在他的帮助下，薛永埋伏了下来。等到宋江率领其他好汉杀过来时，他俩与外面的好汉里应外合，打败护院家丁，杀了黄文炳。

经过此事，薛永和侯健也成了梁山好汉，跟着宋江他们一起上梁山去了。

欧鹏·蒋敬·马麟·陶宗旺

黄门山特别逃跑队

姓　　名	欧鹏、蒋敬、马麟、陶宗旺
绰　　号	摩云金翅、神算子、铁笛仙、九尾龟
星　　号	地阔星、地会星、地明星、地理星
梁山排名	48、53、67、75
动物形象	秃头鹰、琴鸟、蟋蟀、鳄龟
人物简介	作为黄门山的大首领，为了更好地发展山贼事业，欧鹏带手下众人集体上了梁山；蒋敬本是落第秀才，数学优秀的他当了梁山的会计；马麟是个深藏不露的人物，在和扈三娘的战斗中小宇宙爆发，武艺惊人；陶宗旺是梁山上的首席工程师，后来负责给好汉们建造房屋。

欧鹏是个“军户”。什么叫军户呢？就是古代官府指定的、必须参军的家庭。军户们在军队里的地位比其他军人低，就相当于临时工，召之即来挥之即去，其他人经常欺辱他们。欧鹏这个人性格比较火爆，上司欺负他，他当场就怼回去，一点儿也不留情面。不过，这么做爽是爽，可也把上司彻底得罪了。欧鹏在军队里待不下去，于是逃了出来。

当了逃兵的欧鹏几乎无路可走，因为当时所有的军户脸上都刺着字，无论走到哪儿，别人都能一眼看出这是个逃兵。

现在，摆在欧鹏面前的路只有一条——落草为寇。他来到黄门山上，在那里成了占山为王的土匪。

欧鹏非常有当土匪的天赋，很快就在江湖上闯出名头，人称“摩云金翅”，意思就是飞得很高的鹰。在他的经营之下，黄门山匪帮的规模越来越大，手下喽啰数百人，山寨森严，易守难攻。后来，又有三位很有能力的人前来投奔。

第一位叫“神算子”蒋敬。此人和吴用一样，也是个落第秀才，落榜之后，他干脆不读书了，专门研究排兵布阵，也学了点使枪弄棒的武艺。可是他的这一身本事无处施展，最后只好把心一横，落草为寇，成为黄门山匪帮的军师。

第二位叫“铁笛仙”马麟。此人喜欢吹笛子，算是个音乐人才，同时也是武术高手，几十个人也打不过他。

第三位叫“九尾龟”陶宗旺。此人本来是个农民，受尽了贪官污吏的欺压。为了保护自己，他开始练武，没想到挺有天赋，成了一位武术高手。

这三人再加上欧鹏，便是黄门山匪帮的四大头领。他们盘踞一方，打家劫舍，日子过得也算是逍遥自在。有一天，四人在山上喝酒，喝着喝着，蒋敬忽然长叹一声。欧鹏很奇怪，问：“军师，咱们在这儿喝酒吃肉，多舒坦，你叹啥气呢？”

蒋敬说："现在咱们的小日子过得不错，那是因为还没有引起官府的注意，将来咱们真火了，官府一定会派兵来镇压，咱都得把命丢在这黄门山上。"

其他人都觉得蒋敬说得有道理，也纷纷皱起眉头。马麟问："那咱有什么好办法没有？"

蒋敬说："只有一个办法——壮大山寨，让朝廷不敢来打咱们。"

马麟点点头，说："军师这话说的，真是听君一席话，还不如不听……要是壮大山寨那么容易，咱早就壮大了，你等于什么都没说。"

蒋敬也笑了，说："靠咱们自己当然不容易，但是咱们可以投奔其他大山寨。"

陶宗旺问："投奔谁？"

欧鹏似乎想起了什么，说："听说那水泊梁山上有一群江湖同道，他们武艺高强，人多势众，不如去投奔他们？"

马麟说："可是如果咱们就这样去投奔梁山，岂不是显得有点趋炎附势吗？也太没面子了。"

陶宗旺说："面子再值钱也没有命值钱吧？事到如今也顾不上面子了……"

欧鹏打断了陶宗旺，说："哎，面子还是要的，咱们好歹也是称霸一方的豪杰。"

陶宗旺不服气，说："那面子和性命二选一，你选啥？"

欧鹏说："小孩子才做选择题，我欧鹏全都要！蒋敬，你能不能想个既能保命又要面子的好办法？"

蒋敬说："还真有个好办法，我听说及时雨宋江被官府判了死刑，他和梁山关系甚好，梁山好汉一定会去救他。只要咱们也加入营救宋江的队伍，不就和梁山好汉站到了一条战

线上了？”

蒋敬的话说完，大家陷入沉思。马麟问：“你这个办法好归好，可是要救宋江就得和官兵拼命，江州城里官兵很多，万一咱们打不过怎么办？”

蒋敬笑了，说：“这我早就想到了，到时候咱们如此这般……”他把自己的办法告诉其他三人。欧鹏和马麟都拍手叫好，只有陶宗旺说：“这样做是不是有点儿不厚道？”

蒋敬说：“厚道和性命二选一，你选哪个？”陶宗旺也不说话了。

到了宋江被行刑的那一天，梁山好汉冲进法场，救出了宋江，黄门山匪帮没有

出现……

救出宋江之后，一群人被官兵追捕，李俊等人与官兵搏杀，黄门山匪帮没有出现……

梁山好汉把官兵彻底杀退，准备返回梁山时，只见一帮人马杀气腾腾地冲了过来。走近一看，正是黄门山匪帮。为首的欧鹏气喘吁吁地说：“我们正打算去营救宋江大哥，没想到晚了一步！”

宋江能说什么？他只好说：“感谢四位头领一片好心。”

蒋敬说：“官兵可能不会善罢甘休，如果他们敢追上来，我们兄弟四人一定要和他们好好打一场！对了，各位好汉现在要去往何处？”

宋江说：“上梁山去。”

蒋敬赶紧说：“那我们和各位好汉一起上梁山，以后官兵来找事儿的话，咱们也好并肩作战。”就这样，黄门山匪帮集体上了梁山，堪称梁山泊“黄门山特别逃跑队”。

地敏

朱富·李云

收徒弟要小心啊

姓　名	朱富、李云
绰　号	笑面虎、青眼虎
星　号	地藏星、地察星
梁山排名	93、97
动物形象	老虎、彪
人物简介	朱富表面上笑眯眯的，其实他的内心如同老虎般凶残，江湖人称笑面虎。这个人虽然看起来人畜无害，但其实是非常危险的；李云本来是个抓贼的，但却无奈上梁山做了贼，只能说世事无常了。

话说宋江死里逃生上了梁山，上山后才想起家中还有老父亲，他当了土匪，老父亲肯定会被官府欺辱，于是便下山把一家老小都接到了梁山上。

不久之后，公孙胜也说：“我想我妈了，我得回家看看。”说完，他也下山去了。

公孙胜刚走，李逵就哇哇大哭起来。众人问：“你长得五大三粗的，怎么哭起来跟个黑娃娃似的？”

李逵说：“长得再丑，也是从娘胎里生出来的。你们这个接爹，那个想娘，我也想我娘，这就下山把她老人家接过来。”于是，李逵也下山了。李逵下山之后，宋江怕他惹事，越想越不放心，便叫朱贵去追上李逵，和他一路同行。

李逵一路走到县城，刚想进城，就发现城墙上贴着三张画，便挤到人群中一探究竟。他听有人说：“官府在追拿反贼，第一个犯人叫宋江，第二个叫戴宗，第三个叫李逵！”

李逵没什么脑子，当时就想把城墙上的画给撕掉。正要动手，有人从背后抱住了他。李逵回头一看，正是朱贵，便问：“朱贵，你怎么来了？”

朱贵说：“多亏宋江哥哥让我来看着你，要不然你又闯大祸了。”

李逵说：“那画把我画得太丑了，我就想撕掉它，怎么会闯祸？”

朱贵哄他说：“铁牛你相貌奇特，一般画手自然难以画出你的风采。不过如果你撕掉画像，一定会惊动官府，到时候我们势单力薄，恐怕吃亏。这里是我的故乡，我弟弟朱富在城里开了家酒楼，咱们去喝酒如何？”

李逵一听有酒喝，也不管别的了，跟着朱贵来到了朱富的酒楼。朱富拿出好酒好菜招待二人，三人喝了不少酒。当天晚上，李逵要回家去看望母亲，便一个人先走了。

李逵大大咧咧地回到家中，他不善伪装，暴露了踪迹，官府派当地的都头李云来追拿他。都头相当于派出所所长，武功自然不差。李云带着手下没费多大力气，便将李逵捉了。

另一边，朱贵得知李逵被捉拿，非常着急，对朱富说：“这李逵是我们梁山上的好汉，要是他有个三长两短，我跟其他兄弟没法交代。”

朱富说：“哥哥别着急，抓捕李逵的那个都头叫李云，正是我的师父。他平时对我很不错，我们可以去找他，然后给他下蒙汗药，等他晕过去之后就把李逵放了。”于是，兄弟二人便带着下了药的酒菜去找李云。见到李云后，朱富说：“师父，听说你今天抓到一个反贼，徒弟我给你准备好了酒菜，为你庆功、解乏。”

李云不知道朱富和李逵相识，便和手下人吃了一些酒肉。没过一会儿，李云和他的手下都晕倒了。朱家兄弟解开李逵身上的绳索，李逵要杀李云，朱富说：“李云是我师父，我虽然害了他，但绝不能让你杀他！”李逵虽然是个莽汉，但朱富是他的救命恩人，他倒也听话。

李逵和朱家兄弟往梁山方向逃去，没走出多远，听到身后有人喊：“贼人，给我站住！”三人转身一看，是李云。原来，李云武功高、身体好，不一会儿就苏醒了，提着刀一路

拿 缉

拿
缉
拿

追赶过来。李逵一看李云追了上来，回头就迎上去，两人打成一团。

朱富拦住李逵和李云，说："师父，李逵是梁山好汉，你和他打，打输了性命不保，打赢了也逃不过梁山好汉找你寻仇，不如别打了。"

李云很委屈地说："我也知道他是梁山好汉，可是如果我让他跑了，官府一定会怪罪于我。我现在是猪八戒照镜子——里外不是人了！"

一旁的朱贵说道："我有个好办法，你跟我们上梁山去吧。"

李云这个人，父母早亡，也没有妻儿，在世上本来就是孤零零一个人，走到这步田地，他也没有什么好顾虑的，便跟随朱贵等人上了梁山，从专门抓贼的都头变成了贼。宋江见朱富和李云两人来到梁山，也很高兴，说："我们梁山上又多了两只虎！"原来朱富和李云两人的绰号中都有一个"虎"字，朱富叫"笑面虎"，李云叫"青眼虎"。

虽然上了梁山，但是李云心里头终归还是有些怨气的。在梁山上，他逢人便说："以后大家收徒弟的时候千万要小心点儿，万一收到个白眼儿狼徒弟，给你酒菜里下毒药，你这一辈子就全都毁了。"

一旁的朱富听到这番话，也不敢说话，只能红着脸走开。

杨林

这是高手，这是高手

姓　名	杨林
绰　号	锦豹子
星　号	地暗星
梁山排名	51
动物形象	花豹
人物简介	杨林武功高，像花豹一样善于隐匿自己的行踪，即便猎物就在眼前，也不会贸然出击。只有百分之百能成功的时候，他才会发动致命一击。

梁山上，晁盖、宋江、吴用三大头领正在聊天，聊着聊着，突然说起了入云龙公孙胜。吴用说："公孙胜说他回家探望母亲，但是很久了都没有回来，他是不是想脱离梁山？"晁盖、宋江对视了一眼，都明白有人脱离梁山绝对不是好现象，宋江说："让戴宗兄弟下山去找找他吧。"

于是，戴宗下了梁山，去寻找公孙胜。走到半路上，他碰到了一个人。此人拿着一根铁笔管做兵器，见了戴宗便喊："神行太保！"

戴宗不认识对方，说："敢问你是哪位？怎么知道我是谁？"

那人说道："我是杨林。"

杨林是不折不扣的江湖人，很早以前就开始浪迹江湖，和许多江湖人士都认识。有一天，他碰到了一个道士，这道士不是别人，正是梁山好汉公孙胜。公孙胜和杨林一见如故，他对杨林说："你不能总是在江湖上单打独斗，要有自己的队伍。我建议你上梁山去，那里英雄好汉众多，是个好去处。"临别时，公孙胜还给了杨林一封信，说："你上了梁山之后，就把这封信给吴用，他知道你我相识，便会信任你。"

杨林收下公孙胜的信，但是却没有上梁山，因为他不知道梁山上到底是什么情况，万一自己上了梁山，发现山上是一群乌合之众，岂不是去错了地方？杨林作为一个老江湖，他想要暗中观察一番，看看梁山上的好汉到底是个什么样的"精神面貌"。后来，他得知梁山好汉冒着生命危险去劫法场，救宋江与戴宗，觉得这伙人有些义气，便萌生了上梁山的想法。

这一天，杨林正走在路上，看见一个人好像脱了缰的野马一样，从身边飞驰而去。杨林猛然想起，当今世上只有一个人能跑这么快，就是梁山上的戴宗，因此他大叫一声："神行太保！"那人果然停了下来，问："你怎么知道我的名字？"杨林做了自我介绍，又说公孙胜曾经推荐他上梁山，还给他留下了一封信。

戴宗说:“你说这不巧了吗?我这次下山就是要去找公孙胜。”杨林说:“那我跟你一起去。”便和戴宗结伴上路。一路上,他们遇到很多江湖上的英雄好汉,在杨林和戴宗的劝说之下,这些人都上了梁山。当然,最后杨林自己也上了梁山。

在梁山上,杨林显得很低调,因为根据他混迹江湖多年总结出来的经验,只有低调的人才能活得更久。所以一般情况下,杨林都不显山不露水,但是到了关键时刻,需要保命的时候,杨林就会拿出看家本领,一顿高级操作亮瞎众人眼。比如,梁山好汉攻打高唐州的时候,对面的将领高廉会法术,把宋江等人带领的军队打得丢盔卸甲。杨林却和高廉大战了一场,并且非但没吃亏,还一箭射中了高廉的胳膊,吓得对方落荒而逃。再比如,梁山接受招安之后,被朝廷派去攻打辽国,那些平时看起来很厉害的梁山好汉被辽国军队打得屁滚尿流,只有杨林带领的军队在敌军的包围之下成功突围。

不仅敌人奈何不了杨林,就连病魔也拿他没办法。有一次,梁山军队出征时遇到了瘟疫,有七个人感染,分别是穆弘、张横、孔明、朱贵、朱富、白胜还有杨林。最后,其余六人全部病死,只有杨林难受了几天便康复了,活蹦乱跳地

回到了军队中。

招安之后，梁山军队南征北战，替朝廷打败了许多敌人，后来没有仗打了，朝廷中的奸臣便开始陷害梁山好汉。杨林呢，一看朝廷要卸磨杀驴，不等别人陷害，自己先躲了起来。最终，杨林寿终正寝。

什么是江湖高手？能活到最后才是高手！

邓飞·孟康·裴宣

真朋友都是用来怀念的

姓　名	邓飞、孟康、裴（péi）宣
绰　号	火眼狻猊（suān ní）、玉幡竿、铁面孔目
星　号	地阖星、地满星、地正星
梁山排名	49、70、47
动物形象	狮子、白鼬、大猩猩
人物简介	邓飞眼睛天生红色，就如同嗜血的雄狮，用一根大铁链子当兵器，看起来就很不好惹的样子；孟康长得有特色，如同白鼬一般通体雪白，在众多梁山好汉之中，他是真正的侠义之人；裴宣长得不咋地，又黑又壮，跟大猩猩似的，但是他也像“金刚”一样，很有正义感。

孟康本来是个造船工，擅长造各种大船。朝廷看上了他的这门手艺，便叫他专门为官府建造船只。

官府叫孟康造的船，既不是用来抵抗外敌入侵的军舰，也不是用来运送货物的商船，而是专门来往京城运送生辰纲的“钱船”。生辰纲是什么我们之前已经说过，那是贪官污吏从民间搜刮来的民脂民膏，最后要献给京城里的宰相、王爷。

当孟康得知自己造的是这种祸国殃民的船之后，心里就开始产生抵触情绪，故意放慢了造船的进度。他的上司很生气，逼着孟康加快速度，孟康工作的时候稍微慢了一点，上司就拿鞭子抽他。孟康忍无可忍，回头就是一棒子，直接送上司见了阎王。

忘记说了，孟康除了会造船之外，还会武术，也是一位武林高手。可是你再是高手，杀了人也得逃命，从此之后他便流落江湖。

在江湖上，孟康认识了一个叫邓飞的人。这人很怪，眼睛血红血红的，看起来像是传说中神兽的眼睛，所以江湖人称“火眼狻猊”。另外，他用的兵器也很怪，是一根又粗又长的大铁链子，挥舞起来任谁也近不了身。用这种兵器的人肯定不一般，江湖上很少有人用软兵器，因为这东西得有点儿技术含量的人才敢使，技术不好的人用这类兵器，还没打到敌人，就先甩到自己头上了，属于自杀式进攻。而且，即便用软兵器的江湖高手，大多数用的也是九节鞭、流星锤这类轻巧的家伙。敢用沉重的大铁链子当兵器，也只有邓飞这样力气又大、武艺又高的人了。

孟康和邓飞相识后，两人意气相投，开始组团闯荡江湖。他们占领了一个叫饮马川的地方，在那里落草为寇。

我们习惯把江湖上闯荡的人叫作“英雄好汉”，但实际上，

其中大多数是些打家劫舍、杀人放火的家伙，称不上好汉，更谈不上英雄。可邓飞、孟康二人与其他人不同，他们算得上真正的英雄好汉。这一点从他们推举裴宣做山寨大头领就看得出来。

裴宣原本是一名官员，为官清廉，刚正不阿，在腐败贪婪的朝廷里，他属于一个异类。贪官污吏们看到裴宣心里头就难受——我们都贪、都坏，就你清廉，那岂不是显得我们人品很差吗？坏人如何才能让自己显得没有那么坏呢？他们的办法很简单——把好人赶尽杀绝。如果身边没有好人了，他们自然觉得自己“不坏”。于是，那些奸臣开始陷害裴宣，给他安了罪名，发配到边远地区。

邓飞与孟康早就听说裴宣是个好官，是个清官，所以当他们听说裴宣被发配的消息后，便在半路上把押送裴宣的人都杀了，救下了裴宣。

救了裴宣已经很仗义了，但他们觉得这还不够，提出请裴宣上山当大头领。邓飞、孟康二人对裴宣说：“我们久仰你的名号，知道你是个好人、好官，所以甘愿把大首领的位置让给你，从今以后听从你的调遣！”你看，有这样的胸襟，他们两个人难道还算不上英雄好汉吗？

裴宣当时心情很复杂，自己一生清清白白、坦坦荡荡，但是在官场上被排挤、陷害，反而到了江湖上却被土匪尊敬、爱戴。他心想：“既然这世道已经官匪不分，我就是落草为寇又有什么不可以的？”于是，他在饮马川落草为寇，曾经的清官成为土匪的头领。

裴宣、邓飞、孟康在饮马川落草为寇，既然当了土匪，他们自然免不了要做一点土匪的本职工作——拦路抢劫，要不然吃什么、喝什么？这一天，他们在山下打劫，遇见了两个人，正要上前去抢，却发现对面一个是戴宗，一个是杨林。邓飞与杨林是老相识，便请二人上山小聚。

来到山上，戴宗见饮马川这三人义薄云天，都是一等一的好汉，于是他便劝说裴宣、邓飞、孟康加入梁山，还说：“我们梁山专门与朝廷里的贪官作对，替天行道！”这句话打动了三人。他们决定马上动身，便带着饮马川的家当、喽啰们投奔了梁山。

在后来的战争中，邓飞、孟康二人战死，裴宣活了下来。他没有接受所谓的高官厚禄，而是回到饮马川，在那里过完了下半生。

裴宣经常独自一个人在饮马川周围徘徊，有时候，他会在恍惚之间看见邓飞和孟康意气风发地跑过来，对他说：“裴大哥，我们知道你是好人、好官，从今往后听你调遣。”裴宣

的眼泪流了出来，忍不住揉揉眼睛，再睁开眼，哪里还有邓飞、孟康的身影？那两个最好的兄弟永远不在了，他必须接受这个现实。

真朋友之间是要以诚相待的，即使最终分别，那也是生命中最宝贵的财富。

杨雄·石秀

这个嫂子不厚道

姓　名	杨雄、石秀
绰　号	病关索、拼命三郎
星　号	天牢星、天慧星
梁山排名	32、33
动物形象	羊、牛
人物简介	杨雄和石秀两人武艺高强，上梁山后，都是“步军十头领”之一，属于梁山上地面功夫最强者。但是在生活中，杨雄就好像一只公羊——四处碰壁。而石秀性格正直，像极了我们常见的牛——看起来平平常常，但力大无穷，也极富智慧。

戴宗、杨林从饮马川下来，来到了蓟（jì）州城，继续寻找公孙胜。

在蓟州城里，他们二人遇到了一个人，此人名叫杨雄，是当地的刽子手——专门杀人砍头的狠角色。此人武功很高，江湖人称“病关索”。传说中，关索是关羽的三儿子，武功非常高，“病关索”的意思就是关索见了他都得生病、发愁，可见杨雄是个厉害人物。

当时杨雄刚行刑完毕，扛着鬼头刀走在街上，迎面走来

几个喝醉酒的地痞，向他讨要钱财。杨雄自然不给，那几个地痞便趁他不注意发动偷袭。杨雄虽然有一身好武艺，但是冷不防被好几个人擒住手脚，施展不出真功夫，身上装钱的袋子被抢走了。戴宗、杨林正打算上前营救，旁边一个背着一担柴火的樵夫却先动手了。他拿扁担照着其中一个地痞的

脑袋来了一下子，其他地痞见状纷纷去打他，却被他一拳一个地给收拾了。

地痞中的头目见状不妙，拿着抢来的钱袋子就跑，杨雄追了上去，而那樵夫则满大街地追打剩下的地痞。戴宗、杨林二人上前制止了他，说："阁下路见不平、拔刀相助，真是一条好汉，请问高姓大名？"

那樵夫说："在下石秀，因为经常舍命救人，因此人们都管我叫拼命三郎。前些年做买卖赔了本钱，只能流落在此打柴为生。"

戴宗说："你武功很不错，为什么要当樵夫呢？不如上梁山去吧！"

石秀说："上梁山？我倒是想，可人家未见得要我。"

戴宗说："实不相瞒，我便是梁山戴宗，你要上梁山，我可以引荐。"

此时，一群官府的捕快跑了过来。他们听说有人当街打架，赶紧来维护治安。戴宗属于通缉犯，可不愿意被捕快识破，因此不敢久留，对石秀说："记住，上梁山找我，我有事先走了。"

戴宗走后，石秀收拾柴火，也准备离开。此时杨雄回来了，他很感谢石秀的搭救之恩，要请石秀喝酒。两个人在酒桌上越聊越投机，便义结金兰，成了异姓兄弟。杨雄得知石秀非常落魄，以打柴为生，居无定所，便让他打理自己开的肉铺，还让他住到家里。

石秀从一个无业游民变成肉铺经理，生活水平提高了不少，也就不想着上梁山的事了。毕竟，只要日子过得下去，谁闲得没事去当土匪啊！

石秀在杨雄家里住的那段时间，发现了一个骇人的秘密——杨雄的老婆想要害杨雄！石秀把这个秘密告诉了杨雄，但杨雄不愿意相信，还觉得石秀故意破坏自己的夫妻感情，兄弟二人因此反目成仇。

石秀这个人是最受不了别人冤枉的，他为了证明自己，开始悄悄收集杨雄老婆害杨雄的证据，最后终于拿到确凿的证据，摆在杨雄面前。杨雄这才相信石秀，他一时气恼，居然杀死了试图谋害自己的妻子。

杨雄杀了人，眼看着走投无路，石秀想起戴宗对他说的话，便和杨雄二人一起去投奔梁山。半路上，他们遇到了一个叫时迁的人，此人也想上梁山。三人同行，一路上经过许多波折，终于来到梁山。

地煞

时迁

一只烧鸡引发的战争

姓　名	时迁
绰　号	鼓上蚤
星　号	地贼星
梁山排名	107
动物形象	猴子
人物简介	时迁是梁山好汉中翻墙越户的第一把好手，像猴子一样敏捷、机警。他的性格更像是峨眉山的那些贼猴子——总喜欢偷鸡摸狗、小打小闹，因此惹出不少祸事。

如果江湖有鄙视链的话，那么时迁就生活在鄙视链的最底端。这也怨不得别人，只能怪他自己尽干那些上不了台面的事。

时迁的主业是小偷。他武功一般，轻功却很好，因此拦路抢劫、打家劫舍这种活他是干不了的，只能背地里偷偷摸摸地拿人家东西。由于轻功好，所以别人很难发现他，发现了也逮不住他。时迁还有个副业，就是盗墓。挖坟掘墓这种事，从古至今最被人看不起，所以时迁在江湖上几乎没有朋友。

他总是一个人独来独往，日子久了也孤独。尤其是盗墓的时候，月黑风高，挖开坟墓，发现别人墓地里都是夫妻合

葬，时迁不禁泪流满面。他一边偷人家陪葬品，一边说：“连死人都是成双成对的，可怜我时迁在这世上却是孤苦伶仃。”

为了摆脱孤军奋战的处境，时迁想到了一个好办法：上梁山去！听说那里云集了众多英雄好汉，又都很讲义气，如果能加入梁山好汉的行列，不就再也不用独来独往了吗？想到这时迁都有点儿迫不及待了，但是他一转念：“我一个鸡鸣狗盗之徒，梁山能容我吗？”他有点儿不自信，因为有所顾虑，所以暂时放弃了上梁山的想法。

有一天，时迁又去盗墓，突然听到远处传来脚步声，他赶紧悄悄潜伏在坟墓中，看见远处走来两个人。这两人正是杨雄、石秀。他俩杀了人，要上梁山去，一路走，一路聊天。杨雄说：“你我二人杀了人，走投无路上梁山，但万一梁山上的好汉不收我们怎么办？”石秀说：“放心，梁山好汉戴宗曾经邀请我，还说会做引荐人，没问题的。”

听到这儿，时迁灵机一动，从坟墓里跳了出来，挡在杨雄、石秀面前。杨雄、石秀猛地看见坟墓里跳出个人不人、鬼不鬼的家伙，就算他俩胆大包天，也被吓得不轻，操起武器就要打。时迁赶紧说：“别打别打，我是人！”

石秀说：“人？那你为什么从坟墓里跳出来？”

时迁说：“盗墓，赚点外快。”

杨雄和石秀听说对方是盗墓贼，心里头有种说不出的厌恶，

但时迁却厚着脸皮说："你们两个要上梁山，对不对？带上我！"

石秀说："我们又不认识你。"

时迁说："可我知道你杨雄，你杀了人，如果你们不带我，我便把你们的行踪告诉官府，谁也别想跑。"

杨雄、石秀被时迁抓住小辫子，只好答应带他一起上梁山。三人离开蓟州，走到一个叫祝家庄的地方，又累又饿，便找了间客店，想吃点东西睡一觉。进到客店，时迁大大咧咧地说："好酒好肉给我端上来。"

店小二却说："客官对不住了，小店里今天没有酒肉，只有些素菜和米饭，三位将就吃点吧。"时迁很失望，但也没办法，只好和杨雄、石秀吃了些饭菜，便去睡觉了。时迁快要睡着时，突然听到外面有鸡叫，他心想："店小二不老实，说是没有肉，明明有只鸡。"他本就是个小偷，现在又馋得不行，便去把鸡偷了，拿到河边拔了毛、洗干净，生火烤熟，叫上杨雄、石秀，三个人分着吃光了整只鸡。

过了一会儿，店小二找上门来，很生气地说："你们是不是把我的鸡偷吃了？"

时迁说："没有，没有，少来冤枉我们！"

店小二说："这店里只有你们三个外人，不是你们是谁？"

时迁说："鸡不见了，也不一定就是人偷的，万一是黄鼠

狼给叼走了呢？”

店小二拿出一块鸡屁股，说：“这是我在河边捡到的，明明是烤熟了的鸡肉，黄鼠狼还会烤鸡吃？”

时迁无言以对。杨雄走过来，说：“我们赔你钱便是！”

店小二说：“我那鸡是用来报晓的，没有了它，我们每天不知道要耽误多少时间！时间是无价之宝，你们拿什么赔我？”

石秀一听，特别不耐烦，说：“赔不起就不赔了，你能拿我怎么样！”店小二一声呼哨，招呼出一群大汉，要打他们三个。三人傻眼了，撒丫子就想跑。

一个小小的客店，怎么有那么人？只因为这家客店是祝家庄的祝家兄弟开的。这祝家兄弟是当地恶霸，手下打手众多，势力很大。三个人想要跑，那石秀、杨雄武艺高强，杀了出去，时迁虽然轻功厉害，但被人团团围住施展不开，因此被俘。

石秀、杨雄虽然看不起时迁，但毕竟三个人曾经并肩战斗过，他们赶紧上梁山，请求梁山好汉出手相助。宋江带着众多好汉去攻打祝家庄，废了好大周折才把时迁救出来。

一只烧鸡引发了梁山和祝家庄的战争，许多人的命运因此改写。时迁这个小人物，无意中引发了一场大事件。所以说，千万不要小看鸡鸣狗盗之徒，你不知道他能惹出多大乱子。

天罡

李应·杜兴

史上最憋屈土匪

姓　名	李应、杜兴
绰　号	扑天雕、鬼脸
星　号	天富星、地全星
梁山排名	11、89
动物形象	金雕、红脸猴儿
人物简介	李应本是地方豪强，家中富有，被迫抛家舍业上了梁山。他绰号叫扑天雕，却不曾想后来成了无家可归的秃鹫——愁得秃顶了；杜兴在梁山的地位比较低，主要负责接待工作，算是个服务员领班。

在祝家庄周围，还有两个大庄子，一个是李家庄，一个是扈（hù）家庄。这些庄子可不是所谓的村庄，而更像一个个堡垒。庄主手下有将领、军队，专门用来对付那些试图打家劫舍的土匪。

时迁、杨雄、石秀三人在祝家庄惹了祸，时迁被俘，杨雄、石秀逃走。两人跑啊跑，终于甩开追兵，想要找个地方喝点水。此时走过来一个人，在杨雄面前跪下就磕头，杨雄定睛一看，原来是杜兴。

杜兴曾经在蓟州城杀了人，多亏杨雄救他，才保住了一条命。此番见到救命恩人，他自然非常激动，因此纳头便拜。杨雄赶紧扶他起来，问：“你怎么在这儿？”

杜兴说：“当年杨大哥救了我一命之后，我便离开蓟州城，来到了李家庄。李家庄的庄主叫李应，他收留了我，让我在他手下做事。”

杨雄说：“李应？是不是江湖人称扑天雕的李应？”

杜兴说：“正是，他为人仗义，我带你们去见他。”杨雄和石秀心想：“时迁还囚禁在祝家庄，要是这个李应能帮忙说情，祝家庄的人说不定就把时迁给放了。”

李家庄的庄主李应也听说过杨雄和石秀的名头，见他俩来了，很是热情。杨雄请求他出面帮忙营救时迁，李应很爽快地答应了，说：“我们李家庄与祝家庄、扈家庄早就结成了同盟，为的就是对付像梁山泊那样的大山寨。只要我一句话，祝家庄的人一定会把时迁放了。”说完，他写了一封信交给杜兴，让他去向祝家庄要人。

杜兴拿着信走了，过了很久才回来，被打得鼻青脸肿的。李应很惊讶，问：“你怎么挨打了？”

杜兴说：“我去求他们放时迁，他们就打我！”

李应说：“你没有提我的名字？”

杜兴说:“不提还好，我把您的署名信交给祝家三兄弟，他们打得更狠了。”

李应当时尴尬极了，本来想在杨雄、石秀面前露露脸，结果被别人狠狠地扇了个耳光。李应怒气升腾上来，他大喊道:“来人呀！给我点齐兵马，攻打祝家庄！”

李应带着三百多人，还有杜兴、杨雄、石秀，来到祝家庄叫阵，让祝家三兄弟放人。对方非但不放人，还羞辱李应。李应气不过，策马上前发起挑战，祝家三兄弟中的老三祝彪前来应战。李应确实有一手，三招两式便打败祝彪。祝彪打不过李应，回身就跑，李应上前追赶，结果被祝彪放冷箭射中臂膀，跌下了马。

回到李家庄，李应如同战败了的公鸡，再也抖擞不起来。杨雄、石秀说:“李大哥，我们上梁山去找宋江帮忙，一定给你报仇。”后来，他们二人果然上梁山搬来救兵，去攻打祝家庄。可是一开始的时候，梁山好汉也在祝家庄吃了亏。他们想请李应帮忙，但是李应却想，这梁山好汉都是朝廷缉拿的要犯，我一个遵纪守法的好公民，绝不能和他们搅到一起。便说:“我之前胳膊被射了一箭，现在属于伤残人士，只能退出江湖。”

梁山好汉只能想其他办法，费了很多周折才打败祝家庄，救出时迁。战斗结束后，宋江开始打起李应的主意，他知道李应肯定不愿上梁山，于是便想出一个办法——派圣手书生萧让打扮成当官的，赶往李家庄。李应见当官的来了，赶紧出门迎接，问："大人光临敝庄，所为何事？"

萧让拿腔拿调地说："听说祝家庄被土匪打劫，死了很多人，怎么回事？"

李应赶紧装糊涂，说："我不知道啊，前一阵儿我胳膊伤了，在家养病，好久都没出门了。请问大人现在外面还是夏天吗？没下雪吧……"

萧让不耐烦地说："少跟我贫嘴，我之前接到祝家庄的投诉，说你和梁山好汉勾结！"

李应赶紧"三连否"："我不是，我没有，大人别乱说。"

萧让说："这样吧，你跟我到官府走一趟，把你的问题说明白。来人啊，把他给我绑了！"

李应虽然武功高、势力大，但他毕竟还想踏踏实实过日子，不敢跟官府作对，只好束手就擒。萧让带着李应往城里走，宋江他们半路杀了出来，装模作样地救了李应。

宋江对李应说："官府要抓你，你肯定躲不了，不如跟我们上梁山去吧。另外，你想回家恐怕是回不去了，我们已经派人把你的李家庄一把火烧成了平地。"

李应顿感天旋地转，这帮天杀的土匪，居然如此狠毒！

宋江笑眯眯地说：“不过，我还有个好消息告诉你。我们已经把你的家人都请到了梁山上，省得你再跑一趟去接他们，怎么样？兄弟们够贴心吧？”

李应彻底没了脾气，只好点点头，带着杜兴一肚子委屈地上了梁山。

地敏

扈三娘

梁山第一女汉子

姓　名	扈（hù）三娘
绰　号	一丈青
星　号	地彗星
梁山排名	59
动物形象	青蛇
人物简介	扈三娘身材苗条，又经常穿一身青衣，好像是《白蛇传》里的青蛇小青穿越到了《水浒传》中一般。不过，千万不要被她的外表所迷惑。扈三娘可不是柔弱女子，她是一位女中豪杰，武艺非常高强。

祝家庄旁边除了李家庄，还有个扈家庄。

扈家庄的主人是扈老太爷，扈老太爷有一儿一女，儿子叫扈成，武功挺高，不过和他妹妹扈三娘比起来，他的功夫就有点儿不够用了。没错，扈家庄的“头号打手”就是女将扈三娘。她常年穿着一身青衣，因此人们管她叫“一丈青”——一丈青是一种蛇，通体绿色，攻击性很强。

和祝家庄比起来，扈家庄的势力比较弱小。扈老太爷为了讨好祝家庄，便将扈三娘许配给了祝家兄弟中的老三祝彪。

那祝彪飞扬跋扈，不是什么好人，扈三娘一想到将来要嫁给这么个人，心里头就有点难受。但是在那个时代，她只能服从父亲的安排，不能选择自己的命运。

有一天，祝家庄的老三祝彪来到扈家庄，对扈老太爷说：“梁山大举进攻我们祝家庄，您可得帮帮我。”扈老太爷对未来女婿说：“帮！一定帮！我让扈三娘带上兵马去助阵。”扈三娘本不愿意去帮忙，但无奈父命不可违，只好点起兵马出发了。

来到祝家庄，梁山好汉正在宋江的指挥下发起进攻。扈三娘英姿飒爽地出现在战场上，对面的梁山好汉一看，心里都很纳闷儿：“哪来的女将？长得还挺漂亮！”许多成名的梁山好汉都觉得和女将打仗有点儿恃强凌弱的嫌疑，不好意思出手。此时，矮脚虎王英杀了出来，要和扈三娘一比高下。

王英武功低微，一般情况下是谁也打不过，只能在战场上“混助攻”。他看见对面女将出马，心想：“女将能有多厉害？我何不趁着机会打败她，也在兄弟们面前露露脸？”于是便骑着马朝扈三娘杀过去。没想到扈三娘可不是好惹的，居然几下就把王英给生擒了。

一旁的欧鹏见扈三娘武艺高强，还抓住了王英，赶紧上前挑战。结果，他和扈三娘打了几十个回合，不分胜负。此

时，祝家庄兵马大举反攻，竟然击退了梁山好汉，宋江只好下令撤兵。

扈三娘知道宋江是梁山好汉的头领，心想，擒贼先擒王！一马当先追赶宋江。不过，她也太小看梁山好汉了。正当她要赶上宋江时，林冲杀了出来，两人打了十几个回合，扈三娘敌不过林冲，被活捉了。

扈三娘被活捉之后，宋江将她送到梁山上。宋江的父亲宋老太公对扈三娘很好，收她做了义女。不久之后，梁山好汉终于打下祝家庄，而执意要帮助祝家庄的扈家庄，也被梁山好汉“搂草打兔子”，顺手给收拾了。扈三娘走投无路，在宋老太公的劝说之下加入梁山。

扈三娘上山以后，曾经被她活捉的矮脚虎王英也不知哪根筋没搭对，居然癞蛤蟆想吃天鹅肉，想娶她做娘子。在大哥宋江的撮合之下，再加上王英一片真心和死缠烂打，王英、扈三娘终成连理，成了梁山泊上的一段佳话。

解珍·解宝

招谁惹谁了

姓　名	解（xiè）珍、解宝
绰　号	两头蛇、双尾蝎
星　号	天暴星、天哭星
梁山排名	34、35
动物形象	蛇、蝎
人物简介	解珍、解宝两兄弟绰号挺吓人，但其实他们并不是蛇蝎心肠的人。相反，他们两个原本都很善良，但是却被贪官污吏逼得走投无路，上了梁山。后来，他们两个成为梁山“步军十头领”之一。这并非因为他们武功有多高，而是他们特别善于勘察地形。

宋江带领梁山好汉攻打祝家庄，虽然活捉了扈三娘，但是自己这边王英也被生擒了，双方算是打成平手。当时，梁山和祝家庄的战斗陷入僵局，梁山这边兵多将广，祝家庄打不跑他们；祝家庄这边地形险要，主场作战，梁山攻不进去。双方都看对方不顺眼，但也都奈何不了对方，情形非常尴尬。

就在形势僵持之时，有一群本地的好汉加入了梁山的队伍。他们的加入，打破了战场的平衡，帮助梁山攻下了祝家庄。这群好汉都有谁？他们为什么要加入梁山？想知道其中的缘故，我们需要先来认识两个人——解珍和解宝。

解珍、解宝是兄弟俩，以打猎为生。那段时间，村庄附近有猛虎出没，人们都不敢出门了，官府赶紧悬赏打虎——谁要是能把老虎打死，便能获得丰厚的奖励。解家兄弟是当地最出色的猎户，自然不会放弃发财的机会。他们在山上埋伏了三天两夜，终于等到老虎现身。解珍拿出涂上毒药的弓箭，一箭射中了老虎。

要是一般动物被毒箭射中，肯定当场倒毙，但老虎是百兽之王，又大又凶，中了毒箭之后竟然跑了，解家兄弟赶紧去追。那只老虎跑啊跑，跑到一座小山上，终于坚持不住，身体一歪滚落山下。

山下不是无主之地，而是一座大庄园，庄园的主人叫毛太公。老虎不偏不倚掉进毛太公的后院。解珍、解宝赶紧下山，敲开毛太公庄园的大门，说："我们打死了一只老虎，从山上掉进你家后院，请让我们进去拖出来。"

毛太公眼珠子一转，满脸堆笑，说："我当是谁呢，原来是打虎的英雄，赶紧进来吧。"解家兄弟进到庄园中，就想去找射死的老虎。那毛太公却说："不着急，不着急，你们打死了老虎，为我们除掉一害，我得好好招待你们。"说完，毛太

公命令手下人端来了饭菜。

解家兄弟为打老虎，已经在山上熬了三天，其间也就胡乱吃些干粮，看到眼前的美食，顿时忘乎所以，大吃大嚼起来。毛太公说：“两位先吃，我先出去一下，等吃完了，我带你们去后院。”解珍、解宝还以为毛太公是大好人，也没有防备他，一边吃一边说：“好好好，没问题。”

毛太公出了房门，便招呼手下人，说：“咱们家后院有只老虎，你们去藏起来。”

手下人吓得大眼瞪小眼，说：“啥？老虎？那我们怎么去藏？一个不小心再被它藏进肚子里。”

毛太公一个耳光扇上去，说：“废物！死老虎！死老虎！”

手下人捂着脸往后院走，一边走一边嘟囔：“你自己没说清楚，还怨我……”

毛太公安排妥当后，便回到房中。见解珍、解宝已经吃得差不多，毛太公说：“既然二位吃饱了，那咱们去后院瞅瞅，看看有没有老虎。”

解宝说：“老人家真爱说笑，我亲眼看到老虎掉到你家后院，怎么会没有呢？”

毛太公说：“有没有一看便知。”

一行人来到后院，仔细搜寻了一番，竟然没有发现老虎。

但是解珍发现草坪上有血迹和重物压过的痕迹，明明就是老虎掉到后院，然后被人藏了起来。解珍对毛太公说：“你把我们的老虎藏到哪了？交出来！”

毛太公一副奸人嘴脸，说：“我好心请你们吃饭，你们却诬陷我藏你们的老虎，那老虎明明是我儿子昨天打死的。”

解珍、解宝听到这番话，才知道毛太公是想把打虎功劳据为己有。二人顿时火冒三丈，打碎了毛太公家中的许多器具。毛太公大怒，命令手下人将解珍、解宝擒住，送到了官府。为了彻底解决解家兄弟，毛太公居然勾结官府，给解珍、解宝定了死罪！因为这样一桩小事，地方豪强与贪官污吏竟然要把两个好端端的年轻人害死，可见当时的社会有多么凶险。

解家兄弟连老虎都不惧，却要死在坏人手里，这正是人心恶毒赛猛虎！

好在解珍、解宝有一个好姐姐和一帮好朋友，他们想办法救出了兄弟二人，然后这群人一起加入了梁山队伍，正好去帮宋江解决了祝家庄的难题。

水浒
可好玩儿了

水浒可好玩儿了

下册

小葛兮兮◎著
锦绘◎绘

華文出版社
SINO-CULTURE PRESS

孙新·顾大嫂

江湖无敌夫妻档

姓　名	孙新、顾大嫂
绰　号	小尉迟、母大虫
星　号	地数星、地阴星
梁山排名	100、101
动物形象	水牛、母老虎
人物简介	孙新和顾大嫂是两夫妻，他们的性格完全不一样。孙新稳重，像水牛。顾大嫂凶悍，像母老虎。顾大嫂为了救自己的弟弟，什么事儿都做得出来。而孙新为了救顾大嫂的弟弟，连自己的哥哥也坑。

孙新、顾大嫂是两口子，开了一家酒店，小日子过得还不错。不过，他们并非单纯的买卖人，还是身怀绝技的武林高手。孙新绰号小尉（yù）迟，出身军人世家，武功自然不差。顾大嫂是登州本地人，别看是个女人，武艺却很高强，当地人称她为“母大虫”。这里的“大虫”可不是指大虫子，而是指老虎，当时人们管老虎就叫大虫，母大虫的意思就是母老虎。大家想想，这世界上哪个母老虎是好惹的？

孙新和顾大嫂夫妻俩在登州当地也算一号人物，只不过

平时显得比较和蔼，生意人嘛，和气生财总是没错的。一天，有个叫乐（yuè）和的人急匆匆跑到他们的酒店里，说："不好了，不好了！顾大嫂的表弟解珍、解宝被人陷害，现在关在死囚牢里，过几天就要被砍头。"

顾大嫂一听便急了，问："这到底是怎么回事儿？"那乐和是当地的牢头，专门管犯人，因此对解家兄弟的遭遇了如指掌，他如实告诉了顾大嫂。顾大嫂对乐和说："麻烦你在牢里照顾我那两个可怜的弟弟，我和孙新商量一下，看看怎么办。"

乐和走后，顾大嫂问丈夫孙新："怎么办？"

孙新说："你两个兄弟得罪了毛太公，他的势力很大，一定会想方设法害死解珍、解宝。事到如今，只有一个办法——劫狱。"

顾大嫂："那咱们今天晚上就去劫狱。"

孙新说："你以为劫狱像看戏，买张票进牢里就能把人救出来？就靠咱们两个，肯定是不行的。"

顾大嫂急了，说："那找谁来帮咱们呢？谁愿意跟你干这种掉脑袋的事儿？"

孙新想了想，说："我有两个朋友，他们是叔侄，叔叔叫邹渊，侄子叫邹润。这两个家伙如今在登云山落草为寇，我去请他们帮忙。”

顾大嫂焦急地说：“那你赶紧去吧。”孙新二话不说，立刻出发前往登云山，等天快黑的时候，带着邹渊、邹润回到了酒店。有了这两人的帮忙，孙新还嫌不够，便想把他哥哥孙立也拉入伙。孙立可不是土匪，而是专门打土匪的军官，为了拉他入伙，孙立和顾大嫂倒是费了一番周折。

先是孙新去找哥哥孙立，对他说：“大哥，我媳妇病了，估计快不行了，你去看看吧。”

孙立一听弟妹生了重病，赶紧去探望，结果来到孙新家，发现那母大虫生龙活虎的，哪里像生病的样子。孙立问：“你们这是什么意思？”

顾大嫂说：“我两个弟弟被抓这事儿，你知道吧？”

孙立是当地的提辖官，有人被判了死刑他自然知道，但他不知道解珍、解宝是顾大嫂的弟弟，于是便问：“你们想怎么办？”

顾大嫂是个直爽人，说：“劫狱，救我弟弟。”

孙立大吃一惊，说：“我是朝廷官员，怎么能跟你们去劫狱呢？”

顾大嫂为了救弟弟什么也不顾了，拔出一把刀，说：“既然你不愿意救我弟弟，那咱俩今天就拼个你死我活！”

孙立一看这母老虎要发威，也有点怕，说："都是一家人，用不着这样，好吧！我答应你了！"

顾大嫂见孙立愿意帮忙，立马放下刀，眉开眼笑地说："谢谢哥哥，刚才多有得罪了。"

第二天，顾大嫂和孙新集结人马，开始实施劫狱行动。先是顾大嫂装作给解珍、解宝送饭，混进牢狱中。然后，她在牢狱中突然发难，拔出藏好的刀刺向狱卒，乐和则负责打开解珍、解宝的锁铐，四个人在监狱里和狱卒们厮杀起来。别看顾大嫂是女人，她的武功着实很高，把大牢里的狱卒打得哭爹喊娘。此时，孙立、孙新等人则在大牢外发起进攻，两帮人里应外合，成功地救出了解珍、解宝。

成功解救解珍、解宝后，他们一群人也走投无路了，只好加入梁山，成为梁山好汉。顾大嫂则成了继扈三娘后、梁山上的第二个"女汉子"。

乐和

梁山好声音

姓　名	乐（yuè）和
绰　号	铁叫子
星　号	地乐星
梁山排名	77
动物形象	琴鸟
人物简介	乐和的歌声像琴鸟的鸣叫一样好听，他是梁山上少有的能歌善舞的人物，算是悍匪中的文艺骨干。此人上梁山，给无聊的梁山悍匪世界增加了不少乐趣。

乐和的绰号叫“铁叫子”，意思是说他的嗓子跟钢铁做的一样，能飙高音。此人是个音乐天才，别管什么歌曲，听一遍就会唱，而且唱得比原唱更好听。这样的人才，放到今天说不定就是著名歌星，走到哪儿都有一众粉丝前呼后拥，风光无限。但是在那个年代，他的才艺没有什么用处。最初，乐和甚至连个工作也没有，后来他认识了孙立。孙立是登州兵马提辖，他很赏识能歌善舞的乐和，给他在监狱里找了个工作，从此乐和成了一名狱卒。

在监狱，乐和仍然喜欢唱歌，经常唱得犯人们眼泪汪汪的，纷纷下定决心洗心革面、重新做人，保证以后再也不进监狱！这也算是丰富了监狱的业余文化生活，为囚犯改造工作做出了杰出贡献。

有一天，乐和正在监狱里溜达，见到有人押送进来两个犯人，直接被关到了死囚牢里。乐和心想："死囚？不知道是哪儿的凶徒落网了，我得去看看。"他走到那两人的牢房外面往里瞅，顿时大吃一惊："这不是顾大嫂的表弟解珍、解宝兄弟吗？他们两个小年轻都是很好的人，怎么会犯死罪呢？"

乐和开口问："解家兄弟，你们怎么会被判了死刑？"

解家兄弟也认识乐和，便把他们如何打死老虎、老虎如何掉进毛太公家后院，毛太公如何藏匿老虎、如何勾结官员陷害他们一五一十地告诉了乐和。乐和听过之后义愤填膺，心想："毛太公太过恶毒了，居然因为一只死老虎就要置人死地。不行，我得想办法救他们两兄弟。"

乐和虽有搭救之心，但靠他自己实在无能为力，于是赶紧跑到解家兄弟的表姐顾大嫂那里，把消息告诉她。后来，顾大嫂为了救自己的兄弟，联络了一大批人，有军官，有土匪，乐和当然也在其中。大家联合起来劫了大牢，救出了解家兄弟。

无论在哪朝哪代，劫狱都是要砍头的重罪。一帮人劫狱

之后只能投奔梁山，乐和从此成了梁山的好汉。

在梁山上，乐和成了土匪中的“文艺骨干”。有一次重阳节，大家在一起喝酒吃饭，庆祝节日。宋江喝了不少酒，趁着酒兴写了一首《满江红》，叫乐和演唱。我们今天所说的唐诗宋词的“词”，其实就是古代的歌词，而这些词的名字中大多有类似于“满江红”“鹧鸪天”“破阵子”的固定词语，那其实是词牌名，意思是这首词演唱时候的节拍。所以别管是宋江的《满江红》，还是岳飞的《满江红》，唱出来其实都差不多。

乐和接到宋江写的词，开始演唱：

喜遇重阳，更佳酿今朝新熟。见碧水丹山，黄芦苦竹。头上尽教添白发，鬓边不可无黄菊。愿樽前长叙弟兄情，如金玉。

统豺虎，御边幅，号令明，军威肃。中心愿，平虏保民安国。日月常悬忠烈胆，风尘障却奸邪目。望天王降诏，早招安，心方足。

当乐和唱到“早招安，心方足”的时候，武松一拍桌子站了起来，满脸怒气。乐和吓了一跳，心想：“难道是武松觉得我唱得不好？没道理啊，他唱歌我听过，鬼哭狼嚎，惊天动地，和我比差远了……”

只听见武松说道：“天天招安，天天招安，你就不怕凉了兄弟们的心！”

乐和松了一口气，心想：“原来和我没关系，是对宋头领写的词不满意。”

此时黑旋风也跳了起来，说：“招安，招安，招个鸟安！俺铁牛不愿意招安！”说完还不解气，一脚把桌子踢翻了。

宋江不敢骂武松，但对李逵他是想骂就骂，大喝道：“你这黑厮，整日里惹是生非，今天又坏我兄弟和气！来人，给我拉出去砍了！”

其他人看宋江要杀李逵，赶紧上来劝，你一言我一语，现场乱哄哄的。乐和被晾在当场，不知道还要不要继续唱。

“还想最后飙个高音呢！看来没人听了，可惜，可惜……”乐和心中暗暗想。

地煞

邹渊·邹润

生死看淡，不服就干

姓　名	邹（zōu）渊、邹润
绰　号	出林龙、独角龙
星　号	地短星、地角星
梁山排名	90、91
动物形象	蛇
人物简介	作为梁山唯一的叔侄组合，邹渊、邹润两人闲汉出身，实力一般，但心高气傲。二人虽是前登云山的头领，但是登云山的实力几乎可以忽略，心腹也不过二十人左右，属于标准的“十几个人来七八条枪”。

邹渊是邹润的叔叔，邹润是邹渊的侄子，这叔侄俩在登云山落草为寇。

这二位虽然是叔侄，可是年纪相差不大，生性散漫、天不怕地不怕，那可真叫：生死看淡，不服就干。

邹家叔侄的外形很符合土匪的气质。邹渊很矮、很壮，远远看过去就像一根木桩子成了精，人送绰号出林龙。邹润长得更怪，脑袋后面长了个大肉瘤，如同独角兽一般，人们给他起了个绰号叫独角龙。邹润的绝活是无敌独龙铁头功，他脑袋长得大，而且有肉瘤加持，所以跟人动手的时候，往

往一头撞去，把别人顶个半死。

早些年，邹润一直跟着叔叔邹渊混，但邹渊也是个不务正业的家伙，最喜欢赌博，还总是输钱。输的钱越多，就越想通过赌博赢回来，赌得越多，输得就越多。到最后，别人是朋友遍天下，邹渊是债主遍天下，被债主逼得实在是走投无路，只好在登云山上当了土匪。

别的土匪都是被官府、恶霸逼上山，只有这邹渊是被债主逼上山的，也算是独树一帜了。邹渊落草，邹润也跟着叔叔的步伐一同上山当土匪，有点不离不弃的精神。

有一天，邹渊、邹润正在登云山上闲坐，孙新气喘吁吁地跑上山来。邹家叔侄和孙新关系不错，同时和孙新的哥哥孙立也有很好的交情，因此当孙新说要劫狱救解珍、解宝兄弟，需要他俩帮忙时，两人一口答应下来，同时还给参与劫狱行动的人想了一条退路——投奔梁山。

邹渊、邹润作为资深土匪，非常明白一个道理：平时小打小闹的，官府可能会睁一只眼闭一只眼，但要是把官府的大牢给劫了，那一定会遭到官兵的围剿。到时候，就凭登云山这几十号人，根本抵挡不住官兵的进攻，只能投奔梁山这样的大山寨，才能保全性命，也算是前程锦绣。

孙新、顾大嫂他们现在只想着赶紧把解家兄弟救出来，救出来之后让他们去哪都行，所以立刻同意了邹渊叔侄关于上梁山的提议。

果然，等一群人把解珍、解宝救出来之后，官兵追得很紧。他们按照邹渊的谋划，加入了梁山军队。地方上的官兵也不敢惹梁山好汉，只能眼睁睁地看着他们逍遥法外。

上了梁山之后，邹渊和邹润两个人的关系就变得非常尴尬，因为梁山好汉大多以兄弟相称，而他们两个是实实在在的叔侄关系，所以，当邹润喊邹渊叔叔的时候，其他好汉心里都有点儿不得劲儿：“你管我叫大哥，管邹渊叫叔叔，那邹渊岂不是比我高一辈儿？”同理，邹渊喊邹润侄儿的时候，就换成邹润不舒服了：“梁山上的其他人都是你的兄弟，只有我是你的侄儿，那我岂不是比所有人都矮一辈儿？”

因为辈分的问题，邹渊和邹润很苦恼。有一天，邹润小心翼翼地对邹渊说：“既然咱们上了梁山，就应该抛弃过去在山下时的一切关系，您说对不对？”

邹渊看着邹润，说：“你是想说，在山下你是我侄子，来到山上你就变成了我兄弟，对不对？”

邹润赶紧点点。邹渊叹口气，说：“好吧，就按你说的办。谁让咱们当了土匪呢？土匪就只能是无父无母、无儿无女、无亲无戚，只有兄弟。”

邹润赶紧挤眉弄眼地说：“大哥说得对！”

孙立

对不起，我是卧底

姓　名	孙立
绰　号	病尉迟
星　号	地勇星
梁山排名	39
动物形象	黑豹
人物简介	孙立本来是军官，但却与“黑道”人物多有勾结，最后他也成了其中的一分子，彻底“黑了”。但这位像豹子一样勇猛的人物，即便“黑了”，也是令人闻风丧胆的“黑豹”。

孙立本来是海南人，父亲是军官，他后来也参了军，在军队里顺风顺水，年纪轻轻就当了提辖。后来，朝廷调孙立到登州上任，他很高兴，不仅自己去了登州，还把弟弟孙新也带到了登州。为什么他这么喜欢搬家呢？因为在古时候，海南岛属于人烟荒芜的偏远地区，可不是今天的旅游胜地。那时候人们没啥事儿才不去海南岛呢……只有犯了罪的人才会被官府流放到那儿吃苦受罪。

刚来登州的时候，孙立心情不错，觉得自己终于进到了大城市。但是没过多久，他就高兴不起来了，因为他的同事大多数是登州本地人，很排斥他这个“外来户”，因此孙立在

职场上并不顺心。

为了得到上司的认可，孙立故意和周围的土匪勾结，指导他们打家劫舍。如果别人去剿匪，土匪们就会奋起反击，往往是打土匪不成，反被土匪打。这时候就该孙立出马了，他装模作样地去打土匪，那些土匪见他来了就赶紧假装兵败如山倒，纷纷跑路。如此一来，孙立的上司们都觉得登州城离不开孙立，必须得重用他。

当然，孙立的小花招之所以能奏效，是因为他真的有本事。要是土匪不服的话，他完全有能力把他们斩草除根。可他偏偏不这样做，“把土匪都打跑、打死，我岂不是就没用了？上司还能重用我？”孙立的如意小算盘打得啪啪响。

有一天，弟弟孙新来找孙立，谎称媳妇顾大嫂病了，让他到家去一趟。孙立去了孙新家，才知道是弟弟两口子要劫狱救解家兄弟，想拉他入伙。孙立本来不愿意干这掉脑袋的事，但架不住那母大虫以命相逼，孙立只好答应了他们。

不久，孙立跟着孙新等人去劫狱，救出了解家兄弟，随后加入了梁山军队。

当时，梁山军队正在围攻祝家庄，却久攻不下。加入梁山军队后，孙立给宋江想出了一个攻破祝家庄的办法。

原来，孙立有个师弟叫栾廷玉，在祝家庄当教头，就是专门教家丁们练武的人。孙立可以通过栾廷玉混进祝家庄，然后和外面的梁山军队里应外合，彻底打败祝家庄。

宋江觉得孙立的办法不错，便派他们去卧底。

第二天，孙立带着孙新、顾大嫂、解家兄弟、乐和等人来到祝家庄寨门口，大声说："我来找栾廷玉。"栾廷玉赶紧出来相见。他还不知道登州发生的事，问："师兄不是在登州当提辖吗？怎么来我们这儿了？"

孙立说："我奉命前来帮你们保卫祝家庄。"

栾廷玉很高兴，赶紧通知祝家庄三兄弟："我师兄奉命前来助阵！"那三兄弟也很高兴，命令手下人打开寨门，放他们进去。

孙立终于见到了祝家三兄弟，老大叫祝龙，老二叫祝虎，老三就是祝彪。他对祝家兄弟说："我愿意为祝家庄出战，打退梁山军队。"祝家兄弟自然很是高兴，纷纷说："谢谢大哥！"

说完，孙立便披挂上马，与梁山军队对阵。梁山好汉知道孙立是自己人，所以都在配合他演戏。石秀骑着马跑过来与孙立对战，只几个回合，便假装被孙立打倒在地，当了孙立的俘虏。

祝家兄弟见孙立这么厉害，便将祝家庄的家丁分出一部

分交给他指挥。谁知在梁山又一次大举进攻的时候，他突然倒戈相向。祝家兄弟根本没有想到，孙立一个堂堂的朝廷命官会帮助梁山土匪，因此措手不及，被彻底打败。

就这样，梁山军队攻下了祝家庄，而刚刚加入梁山的孙立、孙新等人也因此立下大功，成了梁山的大功臣。

天罡
朱仝·雷横
都头队立大功

姓　名	朱仝（tóng）、雷横
绰　号	美髯（rán）公、插翅虎
星　号	天满星、天退星
梁山排名	12、25
动物形象	长颈鹿、羊
人物简介	虽然朱仝被逼上梁山成了贼寇，但实际上他是个性格温顺、注重友情的好人，像极了动物界的长颈鹿。可惜他的优点被人利用，成了他的弱点，最终走上了一条他自己不愿走的路；雷横本是朝廷公差，结果因勾结梁山好汉的事情败露，无奈之下放弃公职上了梁山，成为“步军十头领”之一。

朱仝、雷横是宋江的老乡，一个是当地的马军都头，一个是步兵都头，两人既是同事，又是朋友。另外，他们与晁盖、宋江的关系也都很不错。晁盖智取生辰纲之后被官府追拿，当时负责追拿晁盖的就是他们二人。结果他们俩出工不出力，导致晁盖逃出法网；宋江杀死阎婆惜后，他们二人又负责缉拿宋江，却又故意放走宋江。这样看来，这两人其实是梁山的最大功臣，要是没他俩，梁山好汉群龙无首，只能

是一帮乌合之众。

晁盖、宋江上梁山后，始终记得朱仝、雷横的好处，想要报答他们。有一次，雷横出差路过梁山，宋江等人赶紧把他请上山，好吃好喝招待着。一帮人边吃边聊，宋江说：“雷横兄弟，我能有今天，全靠你高抬贵手，我必须得好好报答你！”

雷横说：“都是自己兄弟，何必客气呢？”

宋江连连摆手，说：“你的恩情我们必须要报答，这样吧，雷兄弟也上我们梁山来，咱们朝夕相处，岂不美哉？”

雷横当场石化，心想：“这算哪门子报答？我堂堂朝廷命官，放着好日子不过，脑子坏掉了吧。”便对宋江等人说：“我家里有八十多岁的老母亲，实在是放心不下，不能上梁山。”

宋江只好让雷横下山。

雷横回到家，每天除了上班就是喝酒、听戏，生活有滋有味。有一天，他又来到戏院听戏，随着演员的唱腔摇头晃脑，感觉很好。那个时代都是先看戏后给钱，散场之前，老板才开始挨个收钱，收到雷横这儿的时候，发现雷横的手摸着兜儿，一副很古怪的表情。这种情况戏院老板见多了，一般都是身上没钱想要赖账的。老板阴阳怪气地对雷横说：“这位客官，请付钱吧。”

雷横的确忘带钱了，当时也没有微信、支付宝，雷横只

好尴尬地说：“实在对不起，忘带钱了，下次一定补上。”

老板冷笑一声说：“你这种人我见多了，个个都说下次补上，结果都是厚着脸皮赖账。”

雷横有点儿生气，说：“我是本县的都头，难道还会赖你几文钱的账？”

此时，刚才在台上唱戏的演员也过来了，说：“呦，还假装自己是当官的？我可没见过哪个当官的连几文钱也掏不出来！”旁边有人认识雷横，对演员说：“他的确是本县的雷都头。”

那演员假装没听清，问：“你说他叫什么？驴大头？”

雷横听了这句话火冒三丈，他绰号叫“插翅虎”，脾气本来就很暴躁，此时再也隐忍不住，一拳把那演员打飞了出去，然后扬长而去。他万万没想到，自己这一拳竟惹了大祸。那演员和本地的知县是老相识，她去知县面前告了雷横一状，知县勃然大怒，将雷横关进监狱。

雷横母亲知道儿子进了监狱，赶忙前来探望，正巧那演员也专门来“看”雷横。雷横母亲知道她正是把儿子送进监狱的罪魁祸首，便破口大骂。那演员岂是好惹的，上去便扇了老太太一巴掌。

雷横最孝敬母亲，见母亲被人打，忍无可忍，当时他被枷锁锁着，便扬起枷锁照着演员的脑袋来了一下。那演员心眼歹毒，脑袋却很脆弱，就这一下便死了。雷横从一个普通囚犯变成了杀人犯，被判了个秋后问斩。

朱仝知道雷横被判死罪，想尽办法营救，最后还真的成功了。雷横死里逃生，走投无路，只好带着母亲上了梁山。

这朱仝救了雷横之后，他自己一点没受影响，反而还升了官，从县城调到沧州工作。沧州知府很器重朱仝，交给他一个重要任务——陪自己儿子玩儿。朱仝一个堂堂武将，每天的工作就是带着知府儿子四处玩，轻松是挺轻松的，但终归是大材小用。

当时的朱仝还不知道，一场针对他的阴谋正在上演——梁山上的宋江、吴用等人知道他武功高强，想让他也上梁山。但他们也知道，朱仝一定不会同意。于是他们便命令李逵，趁着朱仝带知府儿子在街上玩耍时，杀死了知府儿子。这一下，朱仝若是不上梁山，就一定会被知府害死。无奈之下，朱仝只好上梁山落草。

虽然朱仝在梁山上的待遇很好，梁山座次他排在第十二位，但是朱仝心里始终很不舒服。他怎么也想不明白："我对宋江等人不薄，这帮人怎么能害我呢？还有那黑旋风李逵，连孩子都杀，他还是人吗？"

柴进

匹夫无罪，怀璧其罪

姓　名	柴进
绰　号	小旋风
星　号	天贵星
梁山排名	10
动物形象	龙
人物简介	柴进本是“真龙天子”的后代，但无奈是前朝的真龙天子。到了本朝，他这条过气的龙就成了水沟里的泥鳅，贪官污吏居然也敢欺辱他了。

柴进这个人我们在前面已经提到过，他是前朝皇帝的后人，也是梁山的“大股东”，最早在梁山上落草的好汉们大多得到过他的帮助。

虽然柴进和梁山走得很近，但他可不打算上梁山，毕竟柴进在当时的地位很高，人称柴大官人，一般当官的见了他也得客客气气的。为什么呢？因为柴进的祖先当年是后周皇帝，宋朝开国皇帝赵匡胤是后周大将，这赵匡胤后来在陈桥兵变中黄袍加身，把老柴家的皇位给抢了。

赵匡胤抢了后周皇位也有点儿羞愧，毕竟老柴家当年对他着实不错，所以他就赐给柴家后代一个“丹书铁券”。丹书

铁券就是所谓的“免死金牌”，有丹书铁券的人，只要不犯谋反之罪，其他任何情况都不会被官府治罪。而且，地方官员没有皇帝、宰相的命令，不能够擅自进入柴家一步。柴进作为柴家的直系后代，丹书铁券传到了他手中。

柴进不仅有丹书铁券，还有偌大的家业，是富甲一方的大财主。所以，他虽然喜欢和江湖上的人打交道，但无论如何也不会上梁山当土匪，那不是傻了吗？结果到最后，柴进真的“傻”了。

这一天，柴进正在自己的大别墅里闲坐，梁山好汉李逵找上门来。

李逵为什么会到柴进家？这还得从宋江、吴用逼朱仝上梁山说起。他们为了把朱仝逼上梁山，就让李逵杀死知府的儿子，以此来陷害朱仝。朱仝最终走投无路上了梁山，但是他特别恨李逵，在梁山上一见李逵就要开打。

李逵胡作非为的本事很大，但是碰上真正的武林高手他也害怕。宋江怕朱仝把李逵打死，便叫李逵去柴进家避避风头。为什么要去柴进家呢？因为李逵是被朝廷通缉的要犯，一般人谁敢收留他？也只有拥有丹书铁券，并且喜欢和江湖人打交道的柴进能容得下他。

就这样，李逵在柴进家住下了。几天后，柴进收到一个消息：在高唐州居住的叔叔柴皇城，被一个叫殷天锡的给打了，原因是殷天锡想要霸占叔叔的花园。柴进当时就火了，心想："我们一家子好歹也是前朝皇族，也算是龙子龙孙，居然有人敢打我叔叔？不行，我得找他算账。"于是，柴进带着李逵来到高唐州。

到了高唐州，柴进发现叔叔已经被殷天锡气死。他更加愤怒，便命人回自己的老家沧州去取丹书铁券，打算拿着丹书铁券去皇帝面前告御状。谁承想，那殷天锡却主动找上门来，还想要动手打柴进。

殷天锡为什么如此嚣张？那是因为他的姐姐嫁给了一个叫高廉的人。而这高廉呢，又是高俅的表弟。有高俅撑腰，殷天锡才敢如此飞扬跋扈，连柴进也要打。只是他万万没想到，柴进身边的李逵是个杀人不眨眼的魔王——李逵上去就是一顿暴揍，当场打死了殷天锡。

柴进见李逵打死殷天锡，赶紧对他说："你先走，这里交给我处理。"李逵倒也不客气，撒丫子跑了。柴进之所以觉得自己能应付眼前的局面，就是因为他手中有丹书铁券。但没想到的是，高廉作为高俅的弟弟，权势通天，他可不管什么丹书铁券，直接把柴进抓了起来。

李逵回到梁山之后，把柴进被抓的消息告诉宋江。宋江

马上出兵攻打高唐州，营救柴进。当时，柴进被关在牢房中，有个和他关系不错的狱卒跑过来说：“柴大官人，柴大官人，好消息！梁山好汉大举进攻高唐州，来救你了！”

柴进一听这事儿都快哭了，这可不是被感动的，而是感到绝望，只是摇头说：“完蛋了，完蛋了！”

狱卒问：“柴大官人，有人来救你，为什么会完蛋？”

柴进说：“我有丹书铁券，只要不犯谋反罪，就不会有事，过几天就能出狱。但是现在梁山好汉来救我，还攻打州城，这不就是谋反吗？我这下死定了！”

狱卒想了想：“既然这样，柴大官人不如先躲一躲。”说完，他打开牢门，把柴进领到了一口枯井边，说：“柴大官人，你先躲在井里吧。”柴进走投无路，只好跳进井中。他这条龙，终于变成了井底烂泥里的泥鳅。

不久后，梁山好汉攻破高唐州，柴进从井里爬出来与好汉们相见。他现在已经是朝廷认定的反贼，走投无路，只好也上了梁山。

来到梁山后，柴进一直在想一个问题——宋江、吴用明明知道我有丹书铁券，死不了，还大张旗鼓地来攻打高唐州，到底是想救我，还是想害我？

天罡

呼延灼·韩滔·彭玘·凌振

屁股决定脑袋

姓　名	呼延灼（zhuó）、韩滔、彭玘（qǐ）、凌振
绰　号	双鞭、百胜将、天目将、轰天雷
星　号	天威星、地威星、地英星、地轴星
梁山排名	8、42、43、52
动物形象	剑齿虎、小熊猫、加菲猫、手枪虾
人物简介	呼延灼是梁山“马军五虎将”之一，属于梁山最强的战力序列，原本是朝廷的人，因剿匪失败而投降梁山；韩滔、彭玘以及“火药专家”凌振，都是跟随呼延灼上梁山的。

梁山好汉攻破高唐州救出柴进，消息传到京城，皇帝都震惊了，表示一定要剿灭梁山。

高俅也恨梁山好汉，心想一定要派个能打的将军去，把梁山匪寇彻底歼灭。他眼珠子一转，想起一个人，对皇帝说：“臣以为，派呼延灼去最好。此人是将门之后，家传的钢鞭天下无敌，一定能剿灭梁山众贼！”

当呼延灼站在皇帝面前时，皇帝忍不住赞叹道：“好一员猛将。”只见那呼延灼身如铁塔，虎背熊腰，威风凛凛，如同远古猛兽剑齿虎一般。皇帝马上决定派呼延灼去剿梁山，还赏赐给他一匹名马。

皇帝问："你还有什么要求吗？"

呼延灼说："陈州团练使'百胜将'韩滔、颍州团练使'天目将'彭玘都是少见的猛将，希望陛下可以让他们来协助我。"皇帝当场同意。

呼延灼骑着皇帝赏赐的马出征了。临走时，高俅对他说："此次出征，一定要大获全胜。"呼延灼自信地说："太尉放心，如果失败，我甘愿受死！"高俅亲切地拍了拍他的肩膀，说："这句话我记住了。"呼延灼感觉一阵阴风吹过，后背凉飕飕的。

其实，呼延灼的自信也是有一定道理的。他率领的不是一般的军队，而是"连环马"骑兵。这些骑兵连人带马都披着厚厚的铠甲，相当于古代的重装坦克，所到之处，战无不胜。

来到梁山下，呼延灼叫阵，梁山先派霹雳火秦明应战，呼延灼派韩滔对阵秦明。可那韩滔哪里是秦明的对手，眼看要败下阵来，呼延灼赶紧亲自上前接应。此时，林冲骑着马杀出来，直奔呼延灼。呼延灼与林冲打了几十个回合，不分胜负，双方罢手。呼延灼心想："林冲当年是八十万禁军教头，武艺高强也是情理之中，想必那梁山上像他这样的高手并不多。”正想着，只见一丈青扈三娘朝他杀了过来。呼延灼见对方是女将，根本没放在眼里，谁知道一交上手才发现，扈三娘也不是好惹的。两人打了十几个回合，也是不分胜败。

扈三娘一时打不败呼延灼，便纵马离开战场，病尉迟孙立又杀了过来，两人大战三十多个回合，呼延灼还是没讨到半分便宜。而此时，呼延灼手下大将彭玘已经在战场上被梁山好汉活捉。呼延灼心里非常吃惊，心想：“没想到梁山匪寇中高手众多，我之前轻敌了。”

双方暂时停战之后，呼延灼对韩滔说：“看来不用绝招是不行了。”于是，他们二人带领“连环马”骑兵再次向梁山发起进攻。梁山好汉虽然武功高强，但是在重甲骑兵面前根本施展不开。梁山军队只好躲进山寨，靠着防御工事抵抗官兵进攻。

再看呼延灼阵营，那连环马平地战所向无敌，但攻城时却没啥用，毕竟马再厉害也是马，没学会爬墙，更不会飞。呼延灼久攻不下，便请“轰天雷”凌振前来助阵。凌振是东京甲仗库副使炮手，属于宋朝的“炮兵”指挥员。没错，宋朝时中国已经有火炮了，我们的老祖宗不只会用火药做烟花，也会造兵器。凌振接到命令赶来前线，正打算一展身手时，却被吴用使了计策给擒住，梁山好汉给了他两条路——第一条路是砍头，第二条路是入伙。凌振心想还是保命要紧，便转头帮助梁山用火炮攻打呼延灼。

呼延灼万万没想到，自己叫来的“炮火支援”居然朝自己开炮，只好放缓进攻，把梁山包围起来，准备耗死梁山好汉。梁山也着急，敌人围而不攻，这样下去粮食吃完了岂不是要饿死？前思后想下，他们把“金枪手”徐宁请上了梁山。此人有一套专门破连环马的兵器和战术。在他的指挥下，梁山好汉终于打败了呼延灼，还生擒了韩滔。

呼延灼兵败，但是不敢回京城，他还记得自己立下的军令状，于是来到青州，想请青州知府帮自己求情，让朝廷再调派一些军队来。没想到青州知府倒是先求了他，说：“我们青州的二龙山上有土匪，你去帮我剿匪，我就帮你向皇帝求情。”呼延灼心想，打梁山不行，我打个二龙山的小土匪还不成问题吧？于是整顿兵马，径直去攻打二龙山。又一个万万没想到，他又碰到了两个狠人——一个叫鲁智深，一个叫杨志，使尽浑身解数也没拿下二龙山。呼延灼就纳闷了：“这是什么世道！土匪咋一个比一个厉害？”

却说梁山好汉得知呼延灼进攻二龙山，便前来夹击。呼延灼腹背受敌，难以抵挡，被梁山好汉生擒。走投无路的他，也只好归顺梁山了。上到梁山后，韩滔、彭玘、凌振三人赶紧上前打招呼:“老大,你也来了?”呼延灼笑眯眯地对韩滔、彭玘说:“不来不行啊!”却对凌振翻了个白眼儿,问:“你小子居然拿炮轰我?”

凌振红着脸道:“老大,此一时彼一时,屁股决定脑袋啊!”

天罡

徐宁·汤隆

不靠谱的亲戚少来往

姓　名	徐宁、汤隆
绰　号	金枪手、金钱豹子
星　号	天佑星、地孤星
梁山排名	18、88
动物形象	北极熊、金钱豹
人物简介	如果说梁山是绿洲，那徐宁就是北极熊，本来绝不可能出现在绿洲上，可命运偏偏捉弄了他一把。他不仅上了梁山，还成为“八骠骑”之一；汤隆是个武器专家，擅长打造各种兵器，为梁山好汉们提供各种神兵利器。

汤隆长了一脸麻子，远远看过去跟小金钱豹似的，因此人们便给他起了个绰号叫“金钱豹子”。汤隆的父亲曾经是延安府的知寨，所以汤隆也算是干部子弟。不过，他有个很不好的恶习——赌博。父亲死后，汤隆很快就把父亲留给他的遗产输光了，只好去当铁匠。

汤隆擅长打造各式兵器，因此在当地小有名气。有一次，李逵路过汤隆的铁匠铺，见汤隆正在用一把锤子打铁。那锤子有三十多斤，但汤隆挥舞起来毫不费力。李逵以往总觉得

自己一身蛮力，无人可以匹敌，但见了汤隆，才知道人外有人、天外有天。李逵心想，此人是条好汉，又会打造兵器，我们梁山上正好缺少他这样的人才。于是，他便主动结交汤隆，在两人聊得很投机时，提出让汤隆上梁山。

汤隆本来就是一个不安分的人。他听说上了梁山之后可以当头领，与众位梁山好汉大碗喝酒、大块吃肉，心想："与其在这儿当个普普通通的铁匠，不如落草为寇，倒也逍遥自在。"于是他便径直上了梁山。

呼延灼进攻梁山时，使出了"连环马"，把梁山好汉们打了个没脾气，一群人谁也想不出办法对付连环马。此时，汤隆对宋江说："我有个表哥叫徐宁，他善于使钩镰枪法，是连环马的天敌。要是有他帮忙，一定可以打败呼延灼。"

梁山好汉们很高兴，忙道："那赶快把你表哥请上山来。"

汤隆面露难色，说："我表哥在京城里当官，还经常在皇帝身边担任侍卫首领，恐怕不太愿意到咱这儿来。"

众好汉说："那你不等于白说？"

汤隆想了想，说："除非我们用点小计策……"他把自己的计谋说给梁山好汉听。好汉们都觉得此计可行，便让他和时迁两个人下山，去"坑"徐宁。

时迁武功低微，为什么要把这么重要的任务交给他呢？

大家可别忘了，时迁有一门“绝技”——偷东西。他来到京城之后，潜入徐宁家里，偷走了他的雁翎圈金甲。

这金甲是徐宁最喜欢的东西，却被时迁偷走，徐宁因此闷闷不乐。就在此时，汤隆来到了徐宁家。徐宁不知道汤隆已经上了梁山，还好吃好喝地招待他。吃饭的时候，汤隆故意问：“大哥，我看你一脸晦气，怎么了？”

徐宁说：“你也知道，我家有个宝物叫雁翎圈金甲，最近却丢了！”

汤隆装出一副非常震惊的表情，说：“怪不得！怪不得！”

徐宁不解，问：“什么怪不得？”

汤隆说：“我来你家的路上，看到有人身上背着一副金甲，我当时还想，这金甲怎么和我表哥的那副一模一样？原来真的是你的。”

徐宁一听金甲有线索，瞬间来了精神，说：“走！你带我去追贼！”汤隆就等他这句话，忙不迭地带着徐宁出了京城，一路来到山东水泊梁山附近。徐宁不知道，自己已经落入梁山的圈套。在路上，他被汤隆联合乐和用蒙汗药迷倒，然后被送上了梁山。

徐宁醒来时，睁开眼发现周围是一群面目狰狞的家伙，汤隆也在其中。他很吃惊，问：“表弟，这是哪儿？”

汤隆笑眯眯地说：“表哥，咱们到了水泊梁山。”

徐宁一下子跳了起来，说：“怎么到了土匪窝？这还了得！”

宋江说：“徐宁兄弟，别一口一个土匪的，多难听。再说，从今往后，你不也得当土匪了吗？”

徐宁说：“我当土匪？做梦！”

吴用在一旁说：“既然上了梁山，不是活土匪，就是死官兵，两样你选一个吧！”

汤隆在一旁搭腔说：“表哥啊，好死不如赖活着，我看你还是当活土匪吧。在这梁山上，大家亲如兄弟，替天行道，大碗喝酒大块吃肉，再不用受那些没用的鸟气，岂不快哉！”

事已至此，徐宁只好认命，在梁山上落草为寇。徐宁的脸长得白白净净的，但身材却壮如熊虎，看起来好像北极熊一样。他善于使钩镰枪法，这套枪法是连环马的克星。在徐宁的带领下，梁山好汉成功打败了呼延灼。

天罡 鲁智深

侠之大者，为国为民

姓　名	鲁智深（原名鲁达）
绰　号	花和尚
星　号	天孤星
梁山排名	13
动物形象	犀牛
人物简介	鲁智深的体型像犀牛一样健硕，正义感爆棚，但是在宋朝那个黑暗的社会，有正义感的人反而无路可走。无奈之下，他只好落草为寇。上梁山后，鲁智深成为“步军十头领”之一，属于梁山上地面功夫最强者之一。

鲁达怎么也想不到，自己有朝一日居然会去当和尚。

现在，他正在一座寺院的大殿里，身边全是脑袋光秃秃的和尚。鲁达心里暗自骂道：“好无聊的一群秃驴。”

和尚们对鲁达也没啥好印象。这人长得实在可怕，膀大腰圆，身如铁塔，一脸横肉，须发像疯长的野草。光看外形，这家伙活脱脱就是个猛兽，还不是一般的猛兽，得是犀牛那样的重量级猛兽。

只有寺院里的方丈智清长老知道，这鲁达看起来是个莽汉，实际上却很有慧根，所以他决定收鲁达当徒弟。

和尚的徒弟自然也是和尚，免不了要剃度，专门负责剃头的师傅二话不说，给鲁达剃了个大光头。剃完头正要剃胡子，鲁达忍不住说道:“好歹给我留点儿，别全剃光了。”

剃度完，有和尚拿过一面镜子给鲁达。看着镜子里的大光头，鲁达无奈极了，心想:“刚才还骂他人是秃驴，现在倒好，自己也成了秃驴。”

此时，方丈开口了，说:“鲁达，既然你入我佛门，那么俗家名字就不要用了，我赐你个法名，就叫‘智深’。”其他和尚听了都想:“他还‘智深’，不如叫‘智障’！”

可笑啊可笑，这些庸人只会以貌取人。他们哪里知道，鲁智深外表看起来鲁莽，实际上却是少有的智者。鲁智深“三拳打死镇关西”的故事，就可以体现他的智慧。那是一个月前的事，当时鲁智深还是一位小军官。一日，他在酒馆喝酒时遇见金老汉。那金老汉招惹了当地恶霸郑屠夫，被逼得走投无路。鲁智深看他可怜，动了侠义之心，决定帮金老汉出口恶气。

郑屠夫虽是个杀猪的，可也绝不是好惹的。他一身腱子肉疙疙瘩瘩，两把杀猪刀虎虎生风，当地很少有人敢惹他。郑屠夫还给自己起了个绰号叫“镇关西”，意思是在关西一带，

数他最厉害。

鲁智深找到郑屠夫，却不直接动手，还假装要照顾他生意，说："郑屠夫，我要十斤瘦肉，一点肥的都不能有，你给我剁成馅儿。"

郑屠夫照办，把十斤瘦肉馅剁好交给鲁智深。没想到，鲁智深又说话了："我还要十斤肥肉，一点瘦的不能有，你也给我剁成馅儿。"

郑屠夫这就有点纳闷儿了，问："瘦肉馅能包饺子、做馄饨，这肥肉馅儿有什么用？"

鲁智深没好气地说："要你管？只管剁！"

郑屠夫没办法，只好又吭哧吭哧剁了十斤肥肉馅。剁好之后交给鲁智深，说："肥肉馅好了，结账吧。"

鲁智深说："不着急，还没完呢，你再给我剁十斤软骨馅儿！"

这时候，郑屠夫意识到鲁智深是故意找碴来的，于是说道："你逗我玩呢！"

鲁智深也不装了，大声喝道："就是逗你个傻子玩儿！"说完把二十斤肉馅儿劈头盖脸摔到郑屠夫身上。

郑屠夫忍无可忍，扑上来就与鲁智深打成一团。他本来也不是无能之辈，就算打不过鲁智深，最起码也能抵挡一阵子。可是现在，他胳膊都是麻的，被鲁智深两三招就制服了。有人要问了：他胳膊咋麻了？你自己剁二十斤肉馅儿试试——你剁你也麻！

鲁智深制服郑屠夫后，把对方压在身下，连打三拳。那郑屠夫也是一点都不抗揍，直接就死在鲁智深面前。

鲁智深没想到郑屠夫如此不经打，见对方断了气儿，心知惹了大麻烦。不过，他表面上却很从容，站起身来说："你这家伙，还会装死，那我今天就饶了你！"转身便走。这话当然是说给周围看热闹的人听的。那些人听鲁智深说郑屠夫装死，也就没人报官。直到郑屠夫的家人赶来，发现他是真的被打死了，这才报官。

鲁智深逃走之后，就来到寺庙当了和尚，当然，是个不务正业的和尚。其他和尚每天要打坐念经，鲁智深根本不干，每天就是睡觉。他虽然成了出家之人，但爱打抱不平的性子一点儿没改。豹子头林冲被高俅陷害之后，鲁智深又出手相助，救了林冲，因而得罪了高太尉，这下连和尚也当不成了，只好落草为寇去当土匪。

鲁智深落草的山寨叫二龙山。二龙山上除了他之外，还有青面兽杨志、行者武松等十几个好汉。这些好汉的故事，我们以后都会讲到。好汉们都很佩服鲁智深，请他当二龙山

寨主。

后来，鲁智深又率领二龙山上的好汉上了梁山，加入了梁山一百零八将的队伍。

梁山好汉大头领宋江，虽然上山当了土匪，但却总想着要投降朝廷，在朝廷里谋个一官半职。鲁智深曾经当过官，他早就看透也恨透了那个奸臣当道、善恶不分的朝廷，因此坚决反对投降。可宋江是王八吃秤砣——铁了心，所以梁山最终还是投降了朝廷。

投降朝廷之后，梁山队伍被朝廷派去攻打方腊，虽然成功但损失惨重，梁山好汉死伤不少。活着的梁山好汉大多在朝廷里当了官，鲁智深却不愿再当官，他再次回到寺庙当了和尚。

第一次当和尚，是为了躲避朝廷追捕，迫不得已；这第二次当和尚，却是因为厌倦了俗世的生活，真心归隐。当年的智清长老是对的，鲁智深的确有慧根。他看起来莽莽撞撞，也经常打打杀杀，但实际上他心中一直都怀有善念。而且，他的许多看起来荒唐的举动，实际上都是遵从自己的内心智慧而动。所以，他是水浒世界中真正有侠义之心的英雄。

天罡

武松

侠士的“黑化”

姓　名	武松
绰　号	行者
星　号	天伤星
梁山排名	14
动物形象	狮子
人物简介	武松是像雄狮一样威武的山东大汉，为人侠义，有勇有谋，曾赤手空拳打死老虎，做了县里的都头。上梁山后，他是“步军十头领”之一，是梁山好汉中首屈一指的人物。

武松的故事，相信我们都不陌生。此人天生就是一条好汉，因在家乡杀了人，逃到柴进家中避难。在那里，他结识了宋江。

躲了一阵子之后，武松听说当初被他“打死”的那个人原来只是昏死过去，等他逃走之后又醒了过来，还活蹦乱跳的。武松心想，这不白跑了吗？于是，他又踏上了回家的路。路过景阳冈时，武松打死了伤人性命的大老虎，被当地人视作英雄般的人物。后来为了给哥哥武大郎报仇，他杀死潘金莲与西门庆，因而被官府治罪，发配孟州。

在去孟州的路上，武松来到孙二娘的包子店。孙二娘开的是黑店，专门杀人越货，图财害命。武松作为一个行走江湖多年的“老油条”，识破了孙二娘的伎俩，与她打了起来。孙二娘哪里打得过武松，眼看就要被武松打死，她的丈夫张青回来了。好在张青认识武松，制止了二人的争斗，武松与这夫妻二人还成了特别好的朋友。

来到孟州之后，武松坐牢的时候结识了施恩，并且帮他打败蒋门神，夺回了快活林中的酒楼。但是武松不知道的是，他的这一行为，已经给自己带来了灾祸。

蒋门神打不过武松，便想出一个阴谋诡计，他联合当地官员张都监一起陷害武松。

起初，张都监假装对武松很好的样子，不仅给他安排工作，还让武松住进自己家的大宅子里，说将来要把宅子里的丫鬟嫁给武松。武松是个知恩图报的人，心想：“张都监对我这么好，我宁愿为他赴汤蹈火！”

有一天，武松正在房中闲坐，突然听见外面有人喊“捉贼”。武松心想：“何人如此大胆，居然敢到张都监家偷东西，我可不能坐视不管！”于是他走出房门，打算去捉贼。谁知道刚走到张都监家的前厅，就被一帮人给擒住了。那些人对张都监说武松就是贼，武松自然要辩解。于是，张都监便去武松房间里搜查，果然搜到一些金银财宝。眼看“人赃俱获”，武松百口莫辩，被张都监拿到官府，判了个发配恩州。

武松真的偷了张都监家的东西吗？当然不是！这都是张都监和蒋门神设下的诡计。他们假装喊抓贼，把武松引出屋外擒住，然后有人把金银财宝放到武松的房间里，栽赃诬陷。而且，这些人的目的可不仅仅是判武松一个盗窃罪就算了。他们的计划是：买通负责押送武松的公差，在发配的路上把武松给杀了。

武松走在被发配的路上，身上戴着枷锁，身后有四个公差。他们来到一个叫飞云浦的地方，此地有一座小桥。走到桥上，四个公差相互使了一下眼色，然后同时拔出刀向武松砍去！武松早就觉得这四个公差鬼鬼祟祟，因而有所防备，听到身后有兵器声响，立刻转身还击。虽然他身缚枷锁，但能徒手打死老虎的功夫可不是吹出来的。经过一番生死搏斗，武松击杀了四名公差。

死里逃生的武松越想越气，他已经想到了是张都监在陷害自己，因此决定回去报仇。

等武松来到张都监家的时候，天色已经黑了。他悄悄潜入张都监的鸳鸯楼上，听见里面有人在喝酒聊天，原来是蒋门神和张都监等人以为武松必死无疑，在那儿喝“庆功酒”

呢！武松此时已经彻底失去理智，拔出刀冲了进去，把里面的人全都给杀了！

杀完人之后，武松用血在墙壁上写了一行大字：“杀人者，打虎武松也！”

八个血淋淋的大字写在墙上，武松看过之后觉得很满意，此时他已经彻底“黑化”。当初的武松，虽然脾气有点暴躁，但却是个行侠仗义的人物，而现在他已经被仇恨所“俘虏”，心中充满戾气。在武松眼里，这世上已经没有谁是“无辜”的了，只要是挡在他面前的人，都是“有罪”的。可见，无论到什么境地，人都要保持冷静和理智，否则就会变成无法自控的可怜人。

武松“血溅鸳鸯楼”，杀死张都监一家十几口之后，便逃走了。可是，做下如此惊天大案，官府一定会全力缉拿，他逃得过初一，逃不过十五。武松来到张青和孙二娘家里，希望可以避一避风头。

张青给武松出了个主意：“前几年有个道士路过我家包子店，死在了这儿，他的道士服和道士文牒被我留下了。你不如穿上他的衣服，装成一个道士，如此一来，人们便不会再怀疑你。”

事到如今，武松已经没有别的办法，只好按照张青所说，打扮成道士，成功地躲过官府的追捕。后来，武松遇到鲁智深和杨志，他们三人在二龙山落草为寇，成为称霸一方的悍匪。再后来，二龙山悍匪归顺梁山，武松也成了梁山好汉之一。

杨志

水浒第一倒霉蛋儿

姓　名	杨志
绰　号	青面兽
星　号	天暗星
梁山排名	17
动物形象	狒狒
人物简介	杨志天生脸面发黑，跟狒狒一样。有人说印堂发黑的人会倒霉——杨志的事迹似乎印证了这句话。倒霉归倒霉，杨志的武功是毋庸置疑的。他是梁山“八骠骑”之一，战斗力彪悍。

杨志的祖先是大名鼎鼎的杨家将，满门忠烈，流芳百世。杨志不愿辱没祖上的威名，常对身边的人说：“我一身好武艺，希望能到边疆带兵杀敌，给祖宗争口气。”可朝廷却没给他这个机会，反倒派他去护送皇帝从各地搜刮来的宝物。好好的一个名门将才，却成了皇帝的“运输队长”，他心里头很不是滋味。问题是，就连运输队长这份工作杨志也没保住，他押送的船只在黄河上翻了，献给皇帝的宝物都喂了鱼，杨志不敢回京城复命，只好亡命天涯。

人要是倒霉起来，喝水都塞牙缝。一天，杨志好端端地

走在路上，突然一个人杀出来，不分青红皂白就要杀他。多亏杨志武功高强，和对方大战五十回合，不分胜负。

来人正是豹子头林冲。林冲被高俅逼得走投无路，只好上梁山。当时梁山上的首领是王伦，他对林冲说："你想要来梁山也行，不过得先杀个人做投名状。"林冲没办法，只好答应。他下山碰到的第一个人就是杨志，于是二人便打了起来。打到最后，谁也奈何不了谁。林冲知道自己遇上了高手，只好收手。一旁的王伦见杨志武艺高强，便想让他上梁山帮忙。杨志心想："我堂堂杨家将的后代，能跟你们去当土匪？笑话！"他便没有答应。

过了一段时间，杨志带着自己的全部家当来到京城，希望可以"买"个官。结果，他那点钱都花完了，也没谋得一官半职。这下好了，不但丢了工作，还破产了，杨志成了真正的无业游民，吃了上顿没下顿，就决定把祖传的宝刀卖了换点钱。

杨志来到市集卖刀，等了半天也没有买主，忽然见人们慌里慌张地逃跑，一边跑还一边说："牛二来了，赶快跑啊！"杨志往远处望去，只见一个肥头大耳的汉子正摇摇晃晃走过来，一看就是喝醉了酒。那牛二走近后，看到杨志在卖刀，便问："你的刀多少钱？"

杨志说："三千贯。"

那牛二很不屑，说："一把破刀这么贵，我三十文买把刀，也照样切肉、做饭，你的刀有啥了不起，敢卖三千贯？"

杨志说："我这宝刀，砍铜剁铁刀口不卷；拿根头发放刀刃上，轻轻吹口气，头发就断；另外，杀人之后刀上不沾血。"

牛二哪里见过这样的宝刀，根本不信，杨志便给他展示砍铜剁铁和吹毛断发，都成功了。但牛二却说："你刚才不是说这把宝刀杀人不见血吗？你给我示范下！"

杨志很生气，说："杀人怎么给你示范？不如你牵条狗来，我给你示范。"

牛二说："你刚才说的可是杀人不见血，没说杀狗不见血，你必须给我杀个人！"

杨志再不想和他浪费口水，便说："你要是不想买就滚一边去，别耽误我做生意。"

牛二在这一带横行霸道惯了，平时谁敢骂他，伸手便要打杨志。

杨志这一阵子霉运当头，干啥啥不顺，现在想把祖传宝刀卖了换口吃的，还被泼皮牛二纠缠不休，心里早就憋着一口气。等到牛二扑上来的时候，杨志已经丧失理智，拔出宝刀，一刀捅到牛二肚子上，牛二当场丧命。

当杨志的宝刀从牛二身上拔出来时，上面果然没沾一滴血。

杨志杀了人，被官府逮捕，判了死刑。由于他杀死的这个牛二平时总是欺压百姓，所以很多人替杨志求情，最后官府从轻发落，改判充军。杨志从此成了大头兵。

正所谓是金子在哪里都会发光。杨志在军队里得到赏识，当上了个小军官。他以为他的霉运从此过去了，可万万没想到，当上军官后，上司派他押运生辰纲到京城。

接到命令后，杨志的脑袋都大了——敢情我折腾半天，还是个“运输队长”！杨志心想：“不管怎么样，这一次我定要把宝物成功送到。”可惜事与愿违，杨志碰到了吴用他们一帮人，在路上用计抢走了生辰纲。

杨志的运输队长工作，又一次以失败告终。和上次一样，他选择“跑路”。逃跑途中遇到鲁智深、武松两人，三人一起在二龙山当了土匪。

有一天，三人正在二龙山闲坐，李忠和周通突然闯进来。李忠、周通是隔壁桃花山上的土匪，与杨志等人属于同行。杨志问：“你们二人不在桃花山待着，跑我们这来干啥？”

李忠、周通说：“大事不好了，有个叫呼延灼的，说是要剿灭咱们的山头，我们兄弟二人抵挡不住，因此来二龙山避难。”正说着，只听见山下有人叫阵，杨志和鲁智深出去一看，正是呼延灼！

鲁智深二话不说，下山与呼延灼打成一团。两人打了几十个回合，不分胜负。杨志对鲁智深说：“大哥你歇一歇，我来打他！”说完，骑着马冲到呼延灼面前，二人又打得不可开交，仍然是不分胜负。

呼延灼见二龙山的土匪厉害，便停止进攻，带着兵马攻打白虎山去了。白虎山的头领是孔明、孔亮两兄弟，他们两个打不过呼延灼，孔明还被活捉了。孔明被呼延灼抓到青州城，为了救孔明，白虎山、二龙山、桃花山的土匪们联合起来进攻青州城，但是却始终不能攻克。孔亮为了救自己的兄弟，又去梁山求救，宋江带着梁山好汉下山，攻打青州城，一举成功，救出了孔明。随后，白虎山、二龙山和桃花山上的土匪都跟着宋江上了梁山，杨志自然也不例外。

在梁山上，杨志常常在想：我堂堂杨家将后人，怎么就当了土匪呢？想来想去，杨志只得到四个字——倒霉催的。

地煞

孔明·孔亮

梁山泊“最具投资眼光”奖

姓　名	孔明、孔亮
绰　号	毛头星、独火星
星　号	地猖星、地狂星
梁山排名	62、63
动物形象	柴犬
人物简介	孔明、孔亮的星号，一个是地猖星，一个是地狂星，加起来就是“猖狂”。他们的确猖狂，但却不是因为他们真的有本事。这两兄弟为人平庸，本领低微，梁山排名却不算靠后，只因为他们是宋江的徒弟，可以说是“梁山最具投资眼光的好汉”。

孔明、孔亮是亲兄弟，住在白虎山下。他们俩的父亲是当地财主，兄弟俩每天无所事事，只知道吃喝玩乐。当初宋江杀死阎婆惜后，流落江湖，孔明、孔亮的父亲孔老太公收留过宋江一段时间，让他在自己的孔家庄住下。

一天，孔明、孔亮两个人在孔家庄比比画画地练武，宋江正好看见，见他俩练的功夫实在是惨不忍睹，便忍不住教了他们两手。我们知道，宋江在江湖上地位虽然高，但是武

功却很拿不出手。你看，连宋江这样的江湖“低手”都觉得孔明、孔亮武功低微，都能教他们两手，可见这兄弟俩确实没啥本事。

不过，通过这件事，孔明、孔亮成了宋江的“徒弟”，也算在江湖中有了一定的“地位”。这兄弟俩本事不大，但是仗着老爹有钱、师父有名，在当地横行霸道，谁也不服。一天，孔亮来到一家酒店，对老板说：“你家的牛肉我今天全包了，给我留着，待会我来吃。”老板唯唯诺诺地答应了，孔亮扬长而去。

过了一会儿，一位道士打扮的大汉来到酒店，对老板说：“好酒好肉给我端上来！”

老板对那大汉说：“客官对不住了，酒管够，肉没有了，只有些清粥小菜，您将就着吃吧。”大汉听过之后很失望，但也没办法，只好就着青菜喝起酒来。不久之后，孔亮回来了，他往那一坐，店老板便把一大盘牛肉端到他的面前。

大汉一看不高兴了，大声质问店老板：“你不是说没有牛肉了吗？为什么他来就有？”

店老板还没说话，孔亮倒先不高兴了，说：“小爷自然有肉吃，你只配吃青菜！”骂完还不过瘾，竟然要上前动手。孔亮万万没有想到，穿着道士服的大汉正是武松。武松在鸳鸯楼杀了十几人，乔装改扮成道士，躲避官府追杀。孔亮这不开眼的家伙，凭那点微末功夫还想和武松动手，结果像一只小鸡一般被武松提溜起来，狠狠打了一顿。

孔亮被打了一顿，灰溜溜地逃走了，回家去找哥哥来报仇。武松根本不把这当回事，赶走孔亮后，拿过他的牛肉，大口吃肉，大碗喝酒，结果一不小心喝醉了。恰巧，孔亮带着孔明以及一帮家丁赶来，把醉倒的武松擒住，绑回了孔家庄。

孔明、孔亮绑着武松回到孔家庄，吊在房梁上打。正巧宋江路过，认出了武松，赶紧让孔家兄弟放人，武松这才躲过一劫，要不然打虎的英雄很可能被两个“菜鸡”打死了。

此事过后没多久，孔明、孔亮又和当地的一个地主闹了矛盾。本来是一点小矛盾，但兄弟俩竟然杀死了对方全家！犯下如此罪行，官府怎么可能放过？官府派出很多捕快去抓他们，孔家兄弟走投无路，只好上白虎山落草为寇。

本来是富家子弟，却因为飞扬跋扈的性格闯下大祸，孔明、孔亮自此成了丧家之犬。但是他们两个一点都不反思自己的行为，还是一副天不怕、地不怕的样子。

孔家兄弟落草为寇当了土匪，在古代是株连九族的大罪，所以他们的亲人也成了官府缉拿的对象。他们的叔叔孔宾本

来是一个普通百姓，但却被孔家兄弟连累，被青州知府抓了起来。孔明、孔亮不知道自己几斤几两，居然带着喽啰去攻打青州城，试图救出孔宾。也怪他们命苦，当时呼延灼正在青州，两兄弟和呼延灼一交手就被打败了，孔明还被活捉了。

孔亮心想，叔叔没救出来，哥哥也赔了进去，这可怎么办？他只好去向当地的另外两股土匪——二龙山和桃花山求救，结果这两股土匪虽然答应帮他，但是却因兵力不足，无法攻破青州城。孔亮无奈，只好去梁山向师父宋江求救。宋江只好带梁山好汉下山，攻破青州城，救出了孔明。

孔明、孔亮团聚之后，也不回白虎山了，从此跟着师父宋江上了梁山。

李忠·周通

识时务者为俊杰

姓　名	李忠、周通
绰　号	打虎将、小霸王
星　号	地僻星、地空星
梁山排名	86、87
动物形象	狞猫、狸猫
人物简介	狞猫看起来像豹又像虎，可他的的确确只是猫，这正是李忠的写照——看起来叱咤风云，其实不过是江湖上的一个小人物；周通给人的印象既不豪迈，也不侠义，他在江湖上行走不过是混口饭吃，最终误打误撞上了梁山，也算是人生完满了。

李忠是江湖上的一个小人物，平日里以卖艺、卖药为生，但是他却给自己起了个很威风的绰号——打虎将。后来这个绰号被武松听到，武松差点笑掉大牙：“我可是赤手空拳真打死过老虎的，都不敢自称打虎将，你这小样儿居然敢称打虎将？莫非是要笑死个人吗！”

李忠在《水浒传》里第一次出场，与鲁智深有关系。当时，鲁智深正在酒楼喝酒，李忠路过，他二人相识，便一起喝酒。

喝酒的时候听到外面有人哭，原来是金老汉，鲁智深把金老汉叫来问他为何哭泣，金老汉说他被郑屠夫欺负。鲁智深起了侠义之心，便要帮助金老汉抱打不平。他拿出自己身上所有的钱，但只有十两银子，觉得不够，便向李忠借。李忠抠搜半天，拿出二两银子给鲁智深。鲁智深很不满意，说："你这人不痛快！"于是便把那二两银子还给了他。

后来，鲁智深为了帮金老汉出头，打死了郑屠夫。李忠怕给自己惹上麻烦，脚底抹油溜了。李忠一路走到桃花山下，正巧赶上桃花山土匪周通下山劫道，两人交上了手。李忠把周通好好地收拾了一顿。

周通被李忠打败后，很佩服他的武功，便提出请他上桃花山当大头领。李忠心想还有这种好事儿，毫不费力搞了个大头领当，于是，他爽快地答应下来，从此之后在桃花山落草为寇，他是大头领，周通是二头领。

一天，周通下山，遇见桃花庄刘老太公的女儿，见人家长得漂亮，便要强娶。刘老太公惹不起土匪，只好含泪答应。周通对刘老太公说："三天之后，我来迎亲。"第二天，鲁智深正好路过桃花庄，见刘老太公闷闷不乐，便询问原因。刘老太公把周通要强娶自己女儿的事儿告诉了鲁智深。

鲁智深又起了侠义之心。到周通迎亲的那天，他代替刘老太公的女儿坐进了花轿。周通美滋滋地钻进轿子，想一睹美人芳容，结果却看到一个满脸络腮胡子、眼神凶巴巴、表情恶狠狠的糙汉子。他还没反应过来是怎么回事呢，就被鲁智深暴捶了一顿。

周通好不容易从鲁智深的“魔爪”下逃脱，赶紧回到桃花山去叫李忠帮忙。李忠到了桃花庄，一看打人的原来是鲁智深，哪里敢放肆。他满脸堆笑地和鲁智深套交情，还请鲁智深上桃花山上小住了几天。周通、李忠原本想留鲁智深在桃花山上当土匪，但鲁智深没有答应，而是到了二龙山落草为寇。

后来，呼延灼带领军队围剿桃花山，周通、李忠打不过，只好去二龙山求救。谁承想，二龙山鲁智深和杨志也只能与呼延灼打成平手。

再后来，桃花山、二龙山、白虎山的土匪们联合起来进攻呼延灼，还是不能取胜，只好请梁山好汉帮忙，最终打败了呼延灼，攻破了青州城。

此战过后，周通、李忠没有再回桃花山，他们跟着宋江一起上了梁山，成了梁山好汉。对他们二人来说，这也算是出人头地了吧!

朱武·陈达·杨春

人生如戏，全靠演技

姓 名	朱武、陈达、杨春
绰 号	神机军师、跳涧虎、白花蛇
星 号	地魁星、地周星、地隐星
梁山排名	37、72、73
动物形象	白狐、老虎、蛇
人物简介	朱武一身白袍，浪迹江湖多年，武功不高，但智谋出众，算得上是江湖上的老狐狸；陈达有勇无谋，要不是有好大哥朱武帮忙，他可能会成为史进的刀下鬼；杨春的星号叫“地隐星”，这不是说他善于隐藏，而是说他没有啥存在感。

少华山上有一群土匪，二头领叫朱武，此人一身白袍，颇有智谋，也算得上是江湖上的“老狐狸”了。

朱武武功不太行，但他的“同事”很厉害。少华山大头领名叫杨春，看起来瘦得跟条蛇似的，江湖人称白花蛇。此人善用大刀，武功很高。三头领陈达，江湖人称“跳涧虎”，使一把钢枪，武艺超群。

三人在少华山上落草为寇，免不了要打家劫舍，日子久了就被官府盯上了，悬赏三千贯捉拿他们三人。听到这个消息后，三人忍不住叹了口气。杨春说：“没想到咱们闯荡江湖多年，久只值这么点儿钱，真是太没面子了！”

陈达拍案而起，说：“大哥说得对，依我看，咱们得干一票大的，让官府知道咱们的厉害！也好长长咱们少华山的威风！”

杨春想了想，说：“对！咱们去攻打县城，华阴县！”

朱武在一旁都快疯掉了，心想：“这两个莽夫，真的是想起一出是一出。”他虽然不赞同二人的想法，但无奈人家杨春是大头领，自己也不好反对，于是便说：“攻打华阴县要路过史家庄，那史家庄的庄主史进是个武林高手，手下家丁又多，咱们恐怕打不过。”

陈达是个莽汉，跳起来说：“哥哥，你为什么要长他人志气，灭自己威风？史进难道有三头六臂吗？我就不信！待我去会会他！”第二天，陈达就带着几百小喽啰去进攻史家庄，结果被史进活捉了。

消息传到少华山，杨春有点慌，问朱武：“三弟被抓，生死未卜，咱们得赶紧去救他。”

朱武说：“史进武艺高强，恐怕咱俩打不过人家。”

杨春说：“那你说怎么办？总不能眼巴巴看着三弟被人家杀了吧！”

朱武眼珠子转了转，说：“我听说史进虽然是个大财主，但也是一条江湖好汉，最讲义气。咱们既然打不过他，不如略施小计，让他主动放人……”

第二天，朱武和杨春两人来到史家庄，说要见庄主。史进知道他俩和陈达的关系，还以为他们是来抢人的，于是穿好盔甲，手持兵器去见二人。没想到的是，朱武和杨春见到史进走出来，两人快步上前，紧接着扑通一下跪在史进面前。

史进万万没想到对方居然来了这么一出，他瞬间被搞得不知所措了，结结巴巴地问：“二位……这……这是干什么？”

朱武涕泪横流地说：“我三弟陈达被阁下抓了，我们三兄弟无论生死都要在一起，你把我们两个也抓起来吧！”一旁的杨春满身鸡皮疙瘩，心想：“朱武这家伙也太煽情了吧？”

史进瞬间就被感动了，扶起二人，说：“没想到少华山的好汉这么重感情，我怎么忍心伤害你们呢？一起放了，一起放了。”朱武悄悄地给杨春使了个眼色，意思是——计划成功！

从此之后，少华山的土匪和史进成了好朋友。再往后，史进落难，走投无路，便也上少华山落草为寇，还被尊为大头领。由于史进和鲁智深关系不错，所以鲁智深上梁山之前，也邀请他一同前往，史进欣然前往。

就这样，少华山“四大头领”也成了梁山好汉。

天罡

史进

形势比人强

姓　名	史进
绰　号	九纹龙
星　号	天微星
梁山排名	23
动物形象	熊猫
人物简介	史进是梁山上的“稀有动物”，他就如同熊猫一样，看起来并不凶悍，但是被逼急了，也能爆发出强大的战斗力。上了梁山后，他成为梁山“八骠骑”之一，属于战斗力非常强的梁山好汉。

提起梁山好汉，我们首先想到的就是身长七尺、手持大刀的彪悍形象，仿佛他们永远跟温和、温顺等形容词扯不上关系。其实这 108 个好汉当中，有一个人虽然武力值很高，但却实打实是个温文尔雅的“高富帅”，他就是史进。

要说史进，家住史家庄，从小就钻研武艺，对武术之道尤其是棍棒类的是非常热爱，经常就在自己家的院子里练武。后来，八十万禁军教头王进因受高俅迫害，逃亡至史家庄，史进见其一身功夫了得，便拜王进为师学习武艺。接下来的时间，史进每天都跟着王进勤奋学习武功，从最初的扎马步开始，逐渐递进。不过是半年时间，史进便已经学会大半的招式和技巧，完全跟过去的那些个花拳绣腿不同了。王进见他已经学成，便离开了史家庄。

王进走后，史进继承了史家庄的家业，因感念少华山头领朱武等三人的义气，便与之结成兄弟，却不料被猎户李吉揭发到官府。官府派人围攻史家庄，史进当然没有束手就擒，与朱武等人杀了官兵后逃出史家庄，转道去渭州打算寻找王进。在路上，史进与鲁智深一见如故，要说这鲁智深也是一个莽撞人，为了搭救金老汉父女俩，当街打死郑屠户，两人便一起上了官府通缉令。史进仓皇间逃到延州，结果师父没找到，还惹上了官府的麻烦，史进表示也很无奈。而且，这次的逃亡生涯比较艰辛，因为史进没钱了，所谓一分钱难倒英雄汉，无奈之下，他只好埋伏在赤松林里以打劫为生。堂堂的史家庄主竟落得如此地步，不得不感叹命运无常。

命运的转折也许就在这里，史进遇到鲁智深，为他后来上梁山埋下了伏笔。与鲁智深在赤松林分别后，史进想着史家庄已经被官府抄了，自己又身背几条人命，想要回到以前那种生活已经不可能了，他想起少华山上的朱武等三人，便决定去投靠他们，落草为寇。史进上了少华山后，自是受到

朱武等人的热烈欢迎，很快便融入进去。一次，他带领兄弟们巡山，劫下了犯人王义。要说这王义也是个可怜人，自家女儿长得好，被本州姓贺的太守强行夺走。贺太守为了绝后患，还把王义发配到偏远的军州，简直是无耻至极。王义说着伤心事，一把鼻涕一把泪。史进听完，拍着桌子站起身，大手一挥，说道："王大哥不必伤心，我这就去那太守府把你女儿救出来，顺便暴打一顿那混蛋太守，给他点颜色看看！"说着便起身下了山。众人都一脸问号，都蒙了，等反应过来时人早就没影儿了。

史进这次就没前几次那么好运了，虽然他武功高强，但只身进了太守府，还是因为寡不敌众被活捉入狱。更倒霉的还在后面，鲁智深听说史进被捉的消息，急吼吼地跑来救他，奈何太过仓促冲动，结果人没救出来，自己也进去了。在监狱里，史进和鲁智深大眼瞪小眼，那叫一个相顾无言，只有摇头。多亏了与鲁智深同行的军师吴用，这个人虽然武功不行，但胜在脑子好用，要不怎能做军师呢。吴用自己潜入太守府，使计取了贺太守的性命，这才把史进和鲁智深从大牢里救了出来。从牢里出来后，史进深刻感受到，以自己的力量与官府对抗只能是以卵击石，所以在鲁智深的劝说下，毅然带着少华山的兄弟们上了梁山。自此之后，他南征北战，可谓一员猛将。

实际上，史进上梁山完全是被朝廷官府逼得走投无路。他想坚持正义，但无奈官府步步紧逼。人生就是这样，你想走正确的路，但偏偏这条路上障碍重重，所以才有了那句话——形势比人强。

地煞

曹正

屠夫的逆袭

姓　名	曹正
绰　号	操刀鬼
星　号	地稽星
梁山排名	81
动物形象	貉（hé）
人物简介	貉虽小，但你若轻视它，就会被它所伤。曹正也是如此，别看他是个小人物，但身体里流着“暴徒”的血，属于非常危险的人物。

曹正原本是个屠夫，每天杀猪卖肉，不知道有多少肥猪成了他的刀下之鬼，因此人们给他起了个绰号叫“操刀鬼”。曹正家住京城，离林冲家不远。那时候林冲还没有被逼上梁山，在京城里当八十万禁军教头，风光得很。

林冲有时会去曹正的肉铺买肉，曹正总是很热情，不是少收些钱，就是多给些肉。到后来，即便林冲不来，曹正也会拿着肉送到林府。有一天，曹正又到林冲家送肉，林冲有些不好意思，说：“曹正兄弟，这段时间吃了你不少肉，都不知道该如何感谢你。”曹正等的就是这句话，他赶紧给林冲跪下说：“小人不需要报答，只希望林大哥能收我为徒，教我武功。”

正所谓吃人嘴软、拿人手短，林冲当然不好拒绝，只好收曹正为徒。从此，曹正成了林冲的徒弟，跟着林冲学武，他幻想有一天可以学会林冲的全部武功，成为一位真正的武林高手。但是很快，曹正的幻想就破灭了——林冲犯罪，被发配到边远地区，后来又听说林冲在发配途中杀了人，上梁山当土匪去了。

正所谓祸不单行，师父没了也就算了，曹正一次到山东做买卖赔光了家当，连家也没了。身无分文的他被困在山东，眼看就要成为乞丐，幸好当地一位善良的农民收留了他，还把女儿嫁给了他。曹正结婚之后，在当地开了家小酒馆，日子过得还不错。一天，有个大汉来酒馆吃饭，吃完了曹正管他要钱，那大汉红着脸说："我没钱。"

曹正顿时火冒三丈，说："没钱？没钱你来我家吃饭？"说完上前就打，结果却被对方打趴下了。吃霸王餐的大汉是谁呢？正是刚被劫走生辰纲的杨志。曹正跟林冲没学几天功夫，怎么可能打得过杨志？被打趴下他还不服气，说："有种你把名字告诉我！"

杨志说："行不更名，坐不改姓，我就是青面兽杨志。"

曹正立马跳起来，说："原来是好汉杨志！久仰，久仰，怪不得武艺这么高！"杨志吃霸王餐本来就没理，又把人打了，心里很惭愧，赶紧客客气气地说：“对不住了兄弟，实在是身上没钱，又饿得不行，才出此下策。”

曹正说：“我听说你的遭遇了。附近有个二龙山，山上有一伙草莽英雄，大头领叫邓龙，你不如去投奔他吧。”

杨志走投无路，只好听曹正的话，准备上二龙山。走到一半，遇见光着膀子在树底下睡觉的鲁智深，两人都把对方当成拦路抢劫的匪徒了，于是便打了起来，大战五十回合不分胜负，后来罢手攀谈才知道彼此都是江湖英雄。原来，鲁智深也想上二龙山落草，可二龙山大首领邓龙不同意。杨志心想，二龙山不要鲁智深，自然也不会要我，于是，他也不上山了，跟鲁智深一起回到曹正的酒馆。

曹正见杨志和鲁智深来了，便问：“你们不是要上二龙山吗？怎么不去？”

鲁智深说：“邓龙不愿意收留我们。”

曹正很气愤，说：“两位都是世上少有的英雄好汉，投奔二龙山是他姓邓的福气，他居然不收留，岂有此理！”

杨志垂头丧气地说：“山寨是人家的，我们有什么办法？”

曹正武功不高，但是心眼活泛，他想出一个好主意，给鲁智深、杨志详细说了。他俩听完之后，都说：“是个好办法，就这样做。”

于是，曹正和杨志把鲁智深装进麻袋，然后抬着上了二龙山。见到邓龙之后，曹正说：“刚才有个和尚来到我的酒店，骂骂咧咧的，说什么二龙山邓龙有眼无珠、不识泰山，迟早把他打成缩头乌龟！我听见他骂您，心里头别提多生气了，于是就在酒里下了蒙汗药，迷晕了给您送来了。”

邓龙很高兴，说：“没想到你对我这么有义气。一定是刚才被我赶走的那个和尚，我来看看。”邓龙走上前去，打开麻袋，只见鲁智深从麻袋里跳出来，照着他脸上就是一拳。

大家想想，鲁智深可是倒拔垂杨柳的人物，一拳打在邓龙脸上，是何等的威力？当场就给打死了。邓龙手下还想上来报仇，杨志拔出家传的宝刀，把对方兵器砍断好几把。山上的小喽啰见这二位都不是一般人，吓得不敢动了。鲁智深说：“从今往后，这二龙山就是我们的了，你们要想活命就乖乖地听我指挥！”小喽啰们纷纷放下兵器，表示听从调遣。

就这样，二龙山换了主人，曹正也入了伙，与鲁智深等人成了“一丘之貉”。再往后，他又跟着鲁智深等人一起投奔梁山，成了梁山一百零八将之一。

施恩

将欲取之，必先予之

姓　名	施恩
绰　号	金眼彪
星　号	地伏星
梁山排名	85
动物形象	猞猁
人物简介	猞猁性格残暴，以小动物为食，碰到大型动物它便没办法了，有点欺软怕硬的意思。施恩也是如此，平时欺行霸市，但是遇到武功高强的蒋门神，他就怂了，只好请武松出马。

施恩是孟州人，他的父亲是当地监狱的监狱长，当时人们管这样的官叫管营。既然父亲是管营，施恩也就顺理成章地成了小管营。

有一天，监狱里来了一个人，名叫武松。施恩知道，武松是打虎英雄，武功高强，非同常人，所以他非常照顾武松，天天好吃好喝地招待着。

武松在监狱里享受了一阵子幸福生活之后，就开始琢磨："常言道，无事献殷勤，非奸即盗。这施恩与我又没有什么交情，他为什么对我这么好？"为了搞清楚施恩的目的，武松问他:“承蒙您的关照，不知道我有什么能帮上忙的吗?”

施恩赶紧说了自己的心事。原来，当地有个地方叫快活林，那并不是一片树林子，而是一个商业区，是当地最繁华的地方。施恩在快活林经营着一家酒店，结果不知从哪儿来了个武林高手，叫蒋门神，硬是把酒店给抢走了。施恩想夺回来，无奈打不过对方，只好忍气吞声，他希望武松可以帮他夺回酒店。

武松听完哈哈大笑，心想:“怪不得江湖上都叫施恩金眼彪呢，原来他是个眼里只有钱的主儿!”于是说:“小意思，咱们这就出发吧。”

施恩说:“不着急，你刚长途跋涉来到此地，怕是没什么力气。再过两三个月，等你养足了力气，咱们再去。”

武松哈哈大笑，说:“当年我喝了十八碗酒，照样打死老虎，蒋门神比老虎厉害?”

施恩坚持要让武松休息，武松更不服气了。他看见院子里摆着个石墩子，有三百多斤重，便上前把石墩子举起来，然后扔到空中两三米，接住，又轻轻放回原地。这一套动作做完，武松脸不红、气不喘。施恩看得眼珠子都快掉出来了，高兴地说:“现在就走，现在就走，夺回快活林!”

施恩带着武松来到快活林，蒋门神正在酒店门口闲坐，

武松上去就打。一套连招下来，蒋门神抵挡不住，只好败走。施恩终于夺回了酒店，不过，武松也因此得罪了蒋门神和蒋门神的“靠山”，差点儿被害死，最后大战飞云浦死里逃生，又血洗鸳鸯楼，走投无路，只好上二龙山落草为寇。

武松上了二龙山后，施恩也跟着武松的步伐来到二龙山，在山上当了个小头目，后来随着二龙山众人一起上了梁山，成了梁山好汉。

地敏

孙二娘·张青

雌雄大盗

姓　名	孙二娘、张青
绰　号	母夜叉、菜园子
星　号	地壮星、地刑星
梁山排名	103、102
动物形象	豹子、四不像
人物简介	张青和孙二娘夫妻俩，在梁山好汉中属于武功比较低的那一类，但却是最让人感到恐怖的“夫妻档”，《水浒传》原著中说他们用人肉做包子，真是令人不齿。尤其是母夜叉孙二娘，作为一个女性，凶残程度不亚于最残忍的豹子。

张青和孙二娘是夫妇，共同经营着一家黑店——表面是包子店，但行路人谁去他家吃包子，就会被蒙汗药迷晕。晕倒之后，钱财被抢，小命不保，就连肉都会被做成馅儿，包成包子继续卖。

很多人不理解，一个女子，怎么如此心狠手辣？事实上，人家是家传的“产业”。孙二娘的爸爸就是开黑店的，她从小耳濡目染，学会了全套的“手艺”。至于张青，他曾经也是孙二娘的“客户”。

有一天，张青到孙二娘店里吃包子，他不知道这是家黑店，包子里有蒙汗药，便被迷晕了。孙二娘正打算杀他，又仔细一看，觉得小伙儿长得还挺顺眼，就手下留情饶了他一命。张青醒来之后，发现眼前有一张女人的脸。

孙二娘终于开口说话："你刚才差点死了。"

张青问："发生了什么？我感觉自己忽忽悠悠地就倒了。"

孙二娘说："是我给你下了药，本打算迷晕了做包子，但是看你这人还不错，就手软了。现在你有两条路，第一条路还是当包子馅儿，第二条路是当我丈夫。"

这道选择题相信不会有人选错，张青跟孙二娘结了婚，成了黑店的男主人。

一天，张青有事不在家，孙二娘店里头来了一条大汉，此人正是武松。

孙二娘准备故技重施，用下了药的包子把武松迷晕。可是武松是一个非常机警的人，早就发现包子不正常。他假装吃了包子，又假装晕倒。

孙二娘以为武松上了当，便上前查看，结果武松突然跳起发难，瞬间制服了孙二娘。武松正打算暴揍她一顿，张青回来了。张青一见武松，就认出他是打虎的英雄，大声喊道："打虎英雄请住手！"

武松停手，问：“你认得我？”

张青说：“打虎英雄早已名扬天下，谁不认识？请放了我妻子吧。”

正所谓千穿万穿马屁不穿，武松听了张青的话很高兴，便放了孙二娘。张青和孙二娘赔礼道歉，还请武松吃饭。三个人越聊越投机，成了好朋友。

武松在张青家里住几天便走了。但是过了几个月，他又回来了，而且满身都是血迹。张青赶紧问：“兄弟，你这是怎么了？”

武松把如何帮助施恩赶走蒋门神，如何被蒋门神勾结张都监陷害，如何在飞云浦连杀四人，如何在鸳鸯楼报仇雪恨，都告诉了张青和孙二娘。张青慌里慌张地说：“兄弟，你杀了这么多人，不能久留了，得赶紧逃走。”

孙二娘在一旁骂道：“你让武松兄弟赶紧逃走，可是他现在这副样子，一看就是有命案在身，能逃到哪里去？”

张青问：“那你说怎么办？”

孙二娘说：“以前有个道士来我店里吃饭，被我用蒙汗药迷晕杀了。他留下一身道士服、道士文牒，还有两把宝刀。说来也奇怪，最近那两把刀夜里总是发出声响，我觉得它们可能是在找主人。不如把道士的遗物都送给武松兄弟，让兄

酒

酒
酒

弟打扮成道士，相信可以骗过官府的耳目。”

武松没办法，只好打扮成道士，果然顺利逃出生天。

武松到二龙山落草之后，写信给孙二娘、张青，让他们也来二龙山。张青夫妇二人本来就是开黑店的，干的就是杀人越货的勾当，所以对土匪这个行当也没有啥抵触心态，便来到了二龙山。后来，二龙山投奔梁山时，他们两个也跟着一起上了梁山。

还记得扈三娘和顾大嫂吧？加上孙二娘，梁山泊三女将这回算是凑齐了。

樊瑞·项充·李衮

芒砀山杂技团

姓　名	樊瑞、项充、李衮（gǔn）
绰　号	混世魔王、八臂哪吒、飞天大圣
星　号	地然星、地飞星、地走星
梁山排名	61、64、65
动物形象	青牛、蜘蛛、猕猴
人物简介	樊瑞本来是个道士，经常被人喊“牛鼻子老道”，他不愿安分守己地学习道法，却占山为王，一心想称霸江湖；项充善用飞刀，与梁山开战被打了个落花流水，干脆入伙梁山；李衮（gǔn）外号飞天大圣，听起来和齐天大圣差不多，但充其量就是个六耳猕猴。

梁山打败朝廷官兵，又吸引众多英雄好汉归顺，名气越来越大。正所谓人“怕出名猪怕壮”，梁山出名了，有些“同行”就开始眼红了，其中就包括在芒砀（dàng）山落草为寇的樊瑞。

芒砀山是什么地方？光听名字可能大家没啥感觉，最多知道它现在是国家“5A”级景区。但在历史上，这地方和两位著名人物有关系。第一位是陈胜，陈胜、吴广揭竿而起，反抗秦朝暴政，陈胜战死之后，就埋葬在了芒砀山；第二位就是汉高

祖刘邦，当年刘邦“斩白蛇”起义，地点就在芒砀山。

和芒砀山有关系的名人，不是起义就是造反，樊瑞选择这个地方当老巢，估计也是看重当地的优秀历史传承和浓厚“文化氛围”，打算在此做一番大事业。

樊瑞之所以自信，是因为他不是一般人。早些年，樊瑞在全真教当道士，经常被人称作“牛鼻子老道”。在全真教，樊瑞学了点呼风唤雨的法术，也练了一些武术。他使的兵器叫“流星锤”，这是一种非常少见的武器。人们常说的十八般兵器——“刀枪剑戟，斧钺钩叉，镋棍槊棒，鞭锏锤抓，拐子流星”，流星锤排最后一名，可见这种兵器比较小众。敢用小众兵器的人，一般要么武功高，要么喜欢标新立异。很可惜，樊瑞属于后一种。

樊瑞还有两个同伙，一个叫项充，一个叫李衮。项充是一个耍飞刀的高手，身上常年带着 24 把飞刀，50 米之内百发百中。李衮则是扔标枪的高手，身上常年带着 24 枚标枪，射程也是 50 米。芒砀山这哥仨，大哥耍流星，二哥扔飞刀，三弟投标枪，要是站在大街上，不知道的人还以为他们是耍杂技的，功夫一个比一个花哨。

樊瑞等三人在芒砀山落草为寇，本来觉得自己是江湖上的霸主，但是后来梁山的势力越来越大，人们只知道有梁山好汉，根本不把芒砀山三兄弟放在眼里。他们心里非常失落，羡慕、嫉妒、恨得厉害，还逢人就说："迟早有一天，我们要攻打梁山，把他们给吞并了！"

这话传到专门负责为梁山打探消息的朱贵耳中。他跑到宋江跟前，说："大哥，芒砀山的土匪说要吞并咱们。"

宋江一听就来气了，心想："朝廷官兵都奈何不了我们，他们三个小毛贼居然敢大言不惭，必须得给他们点颜色看看，让他们知道天高地厚。"于是，宋江派新入伙的史进等人去攻打芒砀山。

史进带着朱武、陈达等人前去进攻芒砀山。要说武功，芒砀山那三位不是史进的对手，但是史进万万没想到，对方"不讲武德"，根本不和他近身作战。项充、李衮二人站得远远的，朝史进的队伍不断扔飞刀、投标枪，连砖头瓦块都飞了过来，把史进打得没招可用，不断后退。

此时，宋江带着梁山好汉前来增援。樊瑞一看对方人多势众，便用法术攻击梁山军队。可是樊瑞不自觉，他最多算个"中级魔法师"，梁山好汉中的公孙胜可是"大师级魔法师"。见樊瑞班门弄斧，公孙胜挺身而出，用"五雷天心正法"破了樊瑞的法术。

芒砀山的土匪见大当家的法术都不起作用了，瞬间丧失战

斗信心，兵败如山倒，项充、李衮被俘虏。

宋江对俘虏一般都很优待，毕竟大家都是同行嘛，官府的敌人就是朋友，多吸收点有生力量才是正事。抓住项充、李衮之后，他给对方解开身上的绳索，还给二人一人倒了一杯酒。二人本以为死期不远，谁承想对方不仅放了自己，还给酒喝，瞬间被感动。项充和李衮说：“我们愿意劝降樊瑞，要是您不放心，怕我们跑了，可以留下一个人当人质。”

宋江说：“二位都是言而有信的好汉，我相信你们，一起去吧。”

项充、李衮更是觉得宋江“懂我”，千恩万谢地走了。回到芒砀山之后，他们两个人把刚才发生的事情告诉了樊瑞。樊瑞觉得梁山好汉的确情深义重，便同意归顺梁山。

后来，吴用悄悄问宋江：“你真的不怕他们出尔反尔？”

宋江说：“怕什么？能抓他们一回，就能抓他们第二回。”

卢俊义

只是因为在人群中多看了你一眼

姓　名	卢俊义
绰　号	玉麒麟
星　号	天罡星
梁山排名	2
动物形象	麒麟
人物简介	卢俊义作为梁山第一高手，江湖人称玉麒麟，是个“神兽”级别的人物。可惜，他的智力和武力差得有点儿多，只是因为让吴用算了一卦，就从大财主加武林高手变成了梁山贼寇。封建迷信害死人啊！

梁山上的好汉越来越多，势力也越来越大，宋江却很担心。常言道树大招风，梁山发展得越大，朝廷就越容不下，将来一定会派精兵猛将来围剿，必须要有更多的江湖高手加入，才能抵挡。于是，宋江想到一个人——玉麒麟卢俊义。卢俊义是大名府人，就在今北京、保定一带。他是大财主，家里钱多到花不完，而且他还是赫赫有名的高手，江湖上没有几个人是他的对手。

宋江对吴用说：“要是卢俊义能加入我们梁山就好了，要钱有钱，要战斗力有战斗力。可他衣食无忧，怎么可能上山当土匪呢？”

吴用多坏啊，眼珠子又一转，说：“大哥，看我略施小计，保准让那卢俊义乖乖上梁山。”几天后，吴用化装成一个算命先生招摇过市，专门在卢俊义家门口晃悠。果然，卢俊义见到吴用之后，便请他进门，给自己算一卦。吴用装模作样地计算了一番，然后一脸惊恐地说：“卢大官人，大事不好，你最近将有血光之灾，可能性命不保！”

卢俊义笑了，说：“我生在豪门，练得一身好武艺，平时也没有为非作歹，更不曾得罪过谁，哪里来的血光之灾？”

吴用叹口气，说：“你不信就算了，就当我没说，再见。”

卢俊义见吴用一副高深莫测的样子，难免有点心慌，问：“就算你说得对，那我怎么才能化解灾祸呢？”

吴用说：“你往东南方向走一千里，就可以消灾解难。”北京东南一千里是什么地方呢？正是梁山泊附近。卢俊义可能也是鬼迷心窍，竟然真的往山东去了，还带了许多钱财、货物，打算顺路做一笔生意。

到了离梁山泊不远的地方，住店的时候，店小二见卢俊义带着一个车队的货物，便说：“客官，这里离梁山不远了，劝您低调一点为好。”卢俊义哼了一声，说：“什么叫低调？梁

山好汉怎么了？别人怕他们，我可不怕！”说罢，他让人拿过一块布，写道：“慷慨北京卢俊义，远驮货物离乡地。一心只要捉强人，那时方表男儿志！”

这分明是在向梁山挑战！走到梁山地界时，梁山好汉纷纷下山与卢俊义对打，先是李逵，然后是鲁智深，再是武松，后来又有刘唐、穆弘等人，这些人也不缠斗，打上几个回合便走。卢俊义武功盖世，但正所谓双拳难敌四手，好汉敌不过人多，他被一帮人车轮战打得筋疲力尽，边打边跑。天慢慢黑了下来，他跑到水边，见有一个船夫撑着小船过来，便大喊道：“船家，我迷了路，又被歹人追赶，烦请你载我离开此地！”

船夫也听话，把船靠到岸边，让卢俊义上船。卢俊义刚上船，四周突然驶来几条小船，分别是阮家兄弟、李俊、张横等人。卢俊义一个旱鸭子，在水上自然打不过他们，就被擒住了。奇怪的是，这群人擒住卢俊义之后，对他很客气，一上岸便安排轿子请他坐上，然后吹吹打打地抬上梁山。看那架势，好像娶压寨夫人似的。

来到梁山，宋江亲自迎接，说：“卢大官人，我们请你上山，主要是想让你入伙。只要你入伙，我这大头领的位置可以让给你。”卢俊义干脆利落地拒绝了，宋江等人也不生气，说:“既然卢大官人不肯入伙，我们也没办法，只是兄弟们对大官人仰慕已久，希望您能在山上多住一些时日。”卢俊义心想:“请我入伙我不干，留我多住几天我要再拒绝的话，对方说不定会恼羞成怒。”于是，他在梁山上住了一段时间，每天和梁山好汉喝酒吃肉，倒也逍遥。

卢俊义在梁山住的这段时间，吴用在北京城里四处散播“卢俊义入伙梁山”的消息，所以卢俊义从梁山回到北京城的时候，便被官府捉拿，打入死牢。梁山上的人早就知道会有这么一天，所以他们大举进攻北京城，救出了卢俊义。此时的卢俊义已经走投无路，只好跟着宋江上了梁山。

据说，后来卢俊义有一次喝多了，满山地追着吴用打，呼喊道:“只是因为在人群中多看了你一眼!”卢俊义啊卢俊义，你没事算什么卦啊!

燕青

帅得惊动了皇帝

姓　名	燕青
绰　号	浪子
星　号	天巧星
梁山排名	36
动物形象	蛇鹫
人物简介	作为梁山第一帅哥，燕青如同蛇鹫一样——漂亮又凶猛，即便在猛禽界，也是鹤立鸡群的存在。在一干长得歪瓜裂枣的梁山好汉中，燕青就是那个最鹤立鸡群的人物。上梁山后，他成为“步军十头领”之一。

谁是《水浒传》中的第一帅哥？毫无疑问——浪子燕青。

燕青是卢俊义的心腹，用现在的话讲就是，小伙长得帅呆了，浓眉大眼，多才多艺，吹拉弹唱样样在行，善用弩箭，精通相扑，武艺高强。

燕青不仅长得帅，武功高，关键还聪明。卢俊义听了假算命先生吴用的话，要去山东避难。燕青就告诉他，这一定是梁山好汉的诡计，千万不要去。可卢俊义鬼迷心窍，不仅不听，还骂了燕青一顿。

卢俊义在山东被梁山好汉“请”上山，住了好几天。那段时间，吴用在北京城大肆传播“卢俊义上山当土匪”的消息。北京城大官梁中书要捉拿卢俊义，而卢俊义的管家李固认为卢俊义这下死定了，趁机侵吞他的家产，还把燕青赶出了家门。

卢俊义从梁山上下来，走到北京城外，正巧遇到流落街头的燕青，便上前问道：“燕青，你这是干什么？咱家钱多得很，你干吗要穿一身乞丐装？是今年的流行款吗？”

燕青说：“大官人啊，城里头的人都说你上了梁山当土匪去了，梁中书要抓你。管家李固已经把你的家产都侵吞了，咱们不能进城了，得赶紧离开这里。”

卢俊义不信燕青说的话，说：“怎么可能，我堂堂北京城首富，说我上梁山当土匪，有点儿智商的人都不会相信。”

燕青说：“别管别人的智商了，反正你不能进城。”

卢俊义说：“胡扯，我家世代住在北京城，北京就是我的家，我回自己家有什么问题？”说完便大摇大摆进了城。结果，他刚一进城，就被梁中书手下的官兵给围住，直接抓到大牢里，判了个死刑。

梁山好汉柴进花了很多钱，求人托关系，才终于把卢俊义的死刑改判成发配。卢俊义死里逃生，可有人不希望他活着，此人就是管家李固。李固霸占了卢俊义的家产，只要卢俊义不死，他就不能安稳。为了永绝后患，李固买通押送公差，准备半路杀死卢俊义。

忠心耿耿的燕青一直在暗中保护卢俊义。当公差准备下黑手时，他突然出现，用弩箭射死公差，救下了卢俊义。两人走投无路，只能向梁山出发。

走到半路，燕青去给伤痕累累的卢俊义找食物，此时追捕他们的官兵赶了上来，又把卢俊义抓走了。

燕青找食物回来，见卢俊义不见了，知道一定是被官兵抓走了。他赶紧跑到梁山上，请梁山好汉帮忙。梁山好汉为了救卢俊义，大举进攻北京城，前后打了三次，才终于攻破北京城，救出卢俊义。卢俊义得救后，燕青也跟着他一起上了梁山。

在宋江寻求招安的过程中，高俅在朝廷上屡屡说梁山坏话，希望皇帝不要招安，而是把梁山赶尽杀绝。宋江命令燕青去京城打探消息，燕青来到京城后，结识了皇帝的红颜知己李师师。他把高俅的阴谋诡计告诉了李师师，希望她可以转告皇帝。但李师师却不想掺和这些事儿，她把燕青引荐给了皇帝，让燕青自己对皇帝说。在皇帝面前，燕青通过展示才艺赢得了信任，然后对皇帝说：“高俅屡次攻打梁山，都以失败告终，但是他却瞒着您不说，还要继续攻打梁山。实际上，梁山好汉都

希望接受朝廷的招安，为国家效力。”

皇帝知道真相后，决定招安梁山。所以，燕青实际上才是梁山招安的第一大功臣。

蔡福·蔡庆

人性太复杂

姓　名	蔡福、蔡庆
绰　号	铁臂膊、一枝花
星　号	地平星、地损星
梁山排名	94、95
动物形象	狼獾
人物简介	狼獾虽小，却是动物界最凶残的存在。蔡福、蔡庆虽然是江湖上的小人物，但他俩是专业刽子手，杀人无数！

梁山好汉中谁杀人最多？可能要数蔡福、蔡庆两兄弟了，上梁山之前，他们是北京城的专业刽子手。这两兄弟各有特色，蔡福常年手持鬼头大砍刀，江湖人称铁臂膀；而蔡庆可能是历史上最花枝招展的刽子手了——他常常在自己头上插一朵鲜花，所以得了个很风情的绰号，叫一枝花。刽子手的工作实在不是一般人能干的，不过好歹是“国家公务人员”，那他俩后来为什么上了梁山呢？这件事情还得从卢俊义说起。

话说卢俊义被吴用陷害，被官府打入了死牢。专门管理死囚的蔡福、蔡庆两兄弟，那段时间特别忙——先是卢俊义的管家李固找上门来，二话不说拿出一大包黄金，足足有五百两。蔡福、蔡庆赶紧说：“卢大官人是江湖上人人敬仰的人物，你放心，我们一定会想办法关照他的。”

李固笑了，问：“你们打算怎么关照卢大官人？”

蔡福、蔡庆说：“在牢里好吃好喝招待着，在外面给他活动活动，争取帮他减罪。”

李固说：“我希望的关照可不是这样的关照。”

蔡福问：“那你想让我们怎么关照？”

李固面露凶光，说：“我希望你们关照他早日上西天。”说完，做了一个砍头的动作。

蔡福、蔡庆愣住了。李固走了没多长时间，柴进又找上门来，也不拐弯抹角，直接拿出一千两黄金，摆在蔡福、蔡庆面前，说：“请两位好兄弟帮忙打点，救救卢大官人。”

蔡福、蔡庆心想，这土匪都比那李固讲道义，他们赶忙说：“请放心，我们一定帮忙。”

柴进走了之后，蔡庆看着眼前两包金子，问他哥：“哥，两边的礼咱们都收了，帮谁？”

蔡福反问：“你说呢？”

蔡庆说：“梁山好汉讲义气，李固不是个玩意儿，咱们帮梁山好汉。”

蔡福说："可是这样一来，我们就犯了勾结反贼的大罪，万一将来东窗事发，你我难逃死罪。"

蔡庆说："那我们就帮李固算了，卢俊义本来就犯了死罪，我们帮他也是顺水推舟。"

蔡福冷笑了两声，说："你以为梁山好汉是好惹的？那些人哪个不是杀人不眨眼的魔王？要是惹恼他们，咱们两个还想睡安稳觉？"

蔡庆彻底懵了，说："哥哥，帮李固不对，帮柴进不行，咱们到底该咋办？"

蔡福不愧是老江湖，马上就做出抉择："该咋办？简单！谁给的钱多帮谁！"

两兄弟掂了掂两包金子，便决定帮梁山救卢俊义。这兄弟俩的活动能力很强，拿着梁山送来的黄金贿赂了很多贪官污吏，最后终于把卢俊义的死罪变成"发配"。

可惜李固始终不愿意放过卢俊义，他安排公差在发配路途中杀害卢俊义，幸好燕青出现救下了卢俊义。之后，卢俊义又被官府抓捕，判了死罪。梁山好汉们知道，这一次想靠金子救卢俊义是不可能了，于是他们大举进攻北京城。

在攻破北京城之前，柴进带着人悄悄找到蔡福、蔡庆，说要提前带走卢俊义。这是为什么呢？因为梁山好汉早就料到，

北京城一旦攻破，官府一定会先杀了卢俊义，到时候辛辛苦苦打了这么久，却救出个死卢俊义，完全没有意义。

蔡福、蔡庆知道，这一次如果帮了梁山好汉，那自己勾结梁山的事一定会暴露。但是他们又不能不帮，因为北京城都要被梁山好汉攻破了，如果自己这时候和梁山结仇，城破之后哪还有活路？于是，他们答应了柴进，帮助梁山好汉将卢俊义从死囚牢里救了出去。如此一来，蔡福、蔡庆也成了罪犯，他们走投无路，只好跟着卢俊义一起上了梁山。

在攻破北京城的时候，蔡福找到柴进，说："生逢乱世，老百姓能活下去本就不易。既然已经救了卢大官人，请好汉们就不要再杀害城中百姓了！"因此，梁山好汉进城之后，没有大肆杀戮。蔡福兄弟此举不知道救了多少人的性命。

他们是贪财如命、杀戮无数的恶人，也是心有良知、不忍看到无辜百姓被屠杀的善人。人性的复杂，在他们身上表现得淋漓尽致。

卢俊义
究竟是该杀？

关胜 · 宣赞 · 郝思文

脑瓜子嗡嗡的

姓　名	关胜、宣赞、郝思文
绰　号	大刀、丑郡马、井木犴
星　号	天勇星、地杰星、地雄星
梁山排名	5、40、41
动物形象	大象、蟒蛇、四不像
人物简介	大刀关胜是梁山“马军五虎将”之一，虽然上山时间比较晚，但就如同大象——动作虽慢，可谁也不敢轻视他；宣赞本是皇亲郡马，但因为长得太丑，郡主对他很不满意，后来上了梁山，专门和郡主娘家做对；郝思文是个刷不到存在感的跟班，跟随关胜一起上了梁山。

梁山为救卢俊义，兴兵进攻大名府，也就是现在的北京一带。虽然北宋的都城在开封，但当时北京也算是著名的大城市，梁山胆敢进攻北京，皇帝、大臣们都非常震惊，宰相蔡京决定派得力干将去讨匪。派谁去呢？步司衙门防御使保义宣赞举荐了一个人——大刀关胜！

先来说说宣赞，此人绰号“丑郡马”。郡马的意思就是郡王府的女婿，所以，宣赞其实是皇帝堂妹的丈夫，也算是皇亲国戚。可郡马就郡马，为什么要加个“丑”字呢？原因很简单，宣赞长得丑，且不是一般的丑，他丑得惊天地、泣鬼神。郡主嫁给他之后，每天郁郁寡欢，没过多久就去世了。人们平时说“丑死了”，大多情况下是一种夸张的说法，但是在宣赞这儿，这句话变成了一句实话——他真的把人丑死了。

宣赞之所以推荐关胜，一是因为他和关胜是好朋友，二是因为关胜的确厉害。关胜是三国名将关羽的后代，长得和关羽几乎一模一样——枣红脸，长胡子，使一把青龙偃月刀，武功还特别高。蔡京召见关胜，见他仪表堂堂，非常高兴，便命令宣赞和关胜一起攻打梁山贼寇。关胜提了个要求，说：“我有个结义兄弟，叫郝思文，此人非常厉害，请让他和我一起去讨贼。”蔡京答应了，于是关胜、宣赞、郝思文带兵出征了。

宣赞对关胜说：“咱们要赶快到北京城，要是晚了，北京城就被攻破了！”

没想到关胜却摇摇头，说：“我们不去北京。”

宣赞、郝思文大惑不解：“不去北京城去哪？”

关胜说：“梁山军队大举进攻北京城，我们去攻打梁山老巢！”

关胜的这条计策不错。当他带兵进攻梁山时，梁山上缺兵少将，根本抵挡不住。幸好戴宗火速来到宋江军中，将消息告

诉了宋江。宋江听后吓得一激灵，要是被人端了老窝，一切就全完了。于是，宋江也不打北京城了，带着兵马回到梁山。梁山好汉张横不把关胜放在眼里，带了二百兵马去进攻关胜大营，结果被关胜活捉。阮小七去救张横，也被活捉。

关胜小赢一场，更加志得意满。但此时，秦明和林冲带着兵马杀了过来，这两位可比张横、阮小七厉害多了。关胜眼看就要抵挡不住，宋江却鸣金收兵了。众人问宋江："哥哥，眼看就要拿下关胜，为什么要收兵？"宋江说："我看那关胜也是一个英雄，有意收他上梁山。"

关胜万万没想到梁山上高手居然不少，他把阮小七叫到跟前，问："宋江也没啥本事，你们为什么要听他的？"阮小七说："宋江大哥在江湖上赫赫有名，我们佩服他的为人，因此唯他马首是瞻。"

当天夜里，关胜正在军帐中坐着，有人报告说："有一位将军前来见您。"那人进来之后，关胜一看，原来是呼延灼。他对呼延灼说："你不是归顺梁山了吗？来见我干什么？"呼延灼说："我当年上梁山是迫不得已，现在将军来了，我趁他们不注意跑下山来，愿意为将军效力，只求将军能为我美言几句，让朝廷免了我的造反之罪。"关胜听了呼延灼的话，觉得合情合理，便将他留在身边。

第二天，关胜带着呼延灼与梁山军队交战。宋江在对面大骂呼延灼："你个背信弃义的狗贼，我们对你不错，你却叛变！"呼延灼说："我本来就是朝廷的将军，被你们陷害才上了梁山，你以为我真的愿意当土匪吗？"

梁山好汉黄信朝着呼延灼杀了过来。呼延灼也不客气，冲上前去当头给了黄信一棒子，黄信从马上滚落，宋江赶紧命令士兵把黄信救了回来。关胜见此情形非常高兴，彻底相信了呼延灼。呼延灼对关胜说："白天和他们打占不到什么便宜，咱们不如晚上发动突然袭击。这些土匪无组织无纪律，一到晚上就放松警惕。"

关胜觉得有理，于是当天晚上便去劫营，结果刚冲进梁山大营，就发现对方早就有所准备，就等他自投罗网呢。关胜虽然勇猛，但是在早有准备的梁山军队面前，还是无力抵抗，被生擒活捉，连带着宣赞和郝思文也一同被俘。

关胜被抓到梁山上，宋江赶紧走过来给他松绑，还一个头磕在地上，说："多有得罪，请将军恕罪。"旁边的呼延灼也说："关胜兄弟，我诈降骗你，也是为了在不伤害你的前提下带你上梁山，你可别见怪啊。"一旁的黄信也站出来说："对啊，为了诈你，我还挨了呼延灼一棒子，到现在脑瓜子还嗡嗡的。"

关胜一看宋江都磕头了，要是再不同意上梁山，怕是小命不保，于是赶紧同意归顺，连同宣赞和郝思文也一同归顺了。除此之外，还有七千兵士以及无数马匹、兵器，也一并归了梁山。

宋江笑得嘴都合不拢了。关胜无奈地看了一眼黄信，说："说实话，我现在脑瓜子也嗡嗡的……"

天罡 索超

性格决定命运

姓　名	索超
绰　号	急先锋
星　号	天空星
梁山排名	19
动物形象	河马
人物简介	索超性格急躁，威力无穷，如同河马一般。他是梁山“八骠骑”之一，属于战斗力非常强的梁山好汉。

梁山好汉收服关胜，解除了大本营的危机，便又去进攻北京城。

北京城中兵马不少，也有几员猛将，其中有一员猛将名叫索超。在一次梁山攻打大名府的时候，索超就曾经与梁山好汉打斗过。他虽然武功挺高，力量很大，一把大斧头使得虎虎生风，但也有个缺点——身手不够灵活，不善于躲闪暗器，结果被韩滔用暗器射伤胳膊。所以，索超就像河马一样，虽然力大无穷，体型健硕，但始终因为不够敏捷而很难成为动物中的霸主。

索超在军队中有个名字叫“急先锋”，意思就是他打仗时永远冲在第一个。胳膊受伤之后，索超无法再冲锋陷阵，因此恨透了梁山好汉。这一次，梁山好汉又来了，他向梁中书申请第一个出战。

索超领兵来到城外，正好遭遇刚刚投降梁山的关胜。他不认识关胜，旁边的人告诉他："这便是去围剿梁山却最终投降的大刀关胜。"索超二话不说，上前就打。大刀关胜武艺高强，索超手持大斧与他打了十几个回合，只感觉浑身都快散架了。好在有同僚上前一起围攻关胜，索超才脱身。

虽然索超打不过关胜，但是梁山好汉都认为这家伙是个难缠的对手，一个不小心就会被他打败。宋江和吴用决定给索超用点儿计谋。

第二天，两边再次开打，索超又是第一个出城迎战。吴用命令梁山好汉："只要索超来了，你们和他意思意思就行，打两下就跑。"众好汉听令。

这一下索超可得意了，无论他和谁打，对方都稍微抵挡几下就跑。索超在战场上纵横驰骋，自信心越发膨胀，他追着梁山好汉满地跑，却在不知不觉中走进吴用给他设计的圈套。

原来，吴用早就命人在一个地方挖好了陷阱，就等着索超来自投罗网。那索超盲目横冲直撞，很快就被引到陷阱边上，一个不小心便掉进陷阱里，被梁山军士活捉了。后面的剧情大

家很熟悉了——宋江客客气气地给索超松绑，邀请他上梁山。虽然对方和颜悦色，但索超也知道，只要自己敢拒绝，那后果不堪设想，只好同意归顺梁山。

有句老话说得好——人不能两次掉进同一条河中。这句话对索超而言显然是无效的。梁山接受招安之后，被朝廷派去攻打方腊。一遇到方腊的军队，索超又二话不说第一个冲了上去，而且目标直指对方军中的猛将——石宝。石宝假装打不过索超，诈败逃走，索超一点儿也没有汲取当年的教训，打马便追。结果，石宝冷不防回过身来，突然抛出流星锤偷袭，索超猝不及防被打中，当场便死了。人们说，索超就是这性格，凡事都要争先，一打胜仗就忘乎所以，最终丢了性命。

性格决定命运，这话一点儿没错。

地鳖

安道全

救人杀人两不误

姓　名	安道全
绰　号	神医
星　号	地灵星
梁山排名	56
动物形象	螳螂
人物简介	神医安道全擅长给人治病，别的好汉手里都拿着砍刀、刺刀、青龙偃月刀，而他手拿两把小小的柳叶刀，形象如同螳螂。宋江率兵攻打大名府时背上生疮，病势沉重，后被安道全治好。他到梁山后，随军出诊，救了梁山许多好汉。

梁山好汉围攻大名府，生擒了索超，眼看就要得手，却发生了一桩意外——宋江病了。

宋江得的是背疮，一开始就是疼，后来越疼越厉害，到最后竟然疼得昏迷不醒。梁山军队毕竟不是正规军，也没配个军医，一群五大三粗的好汉也不注意养生保健，有了病还真的是没办法。

眼看宋江都快不行了，大家只好放弃攻打大名府，回到了山上。可问题是，宋江在回到梁山后病情还恶化了，奄奄一息。关键时刻，张顺对宋江说："附近有个神医叫安道全，不如把他请来看看。"

宋江赶紧说："快去请安神医。"情况危急，别说是神医，就是兽医也得请啊。

张顺找到安道全，直接掏出一百两黄金，说："我们水泊梁山上的宋江哥哥病了，麻烦你走一趟，给大哥看病。"安道全看着那一百两金子，咽了下口水，却说："我媳妇刚死，走不开。"

安道全之所以不愿意去，可不仅仅是因为死了老婆，更关键的是，他一个老实巴交的神医，不想跟梁山土匪扯上关系。张顺不放弃，一把鼻涕一把泪地哀求。安道全什么人没见过？他知道像张顺这样的江湖人士，固然可以低声下气地哀求你，但是你若真拒绝到底，他们绝对会翻脸不认人，而这样的人一旦翻脸，后果非常可怕。所以，安道全只好答应张顺，跟他一起上梁山。但是临走之前，安道全提出一个要求："我要去见见我的情人。"

张顺心想："刚才还说媳妇死了所以走不开，这会儿又出来个情人，这家伙真是虚伪。"但是毕竟有求于人，也只好同意。张顺和安道全一起去的，那情人听说安道全要走，嗲声嗲气地说："我不许你走，我不许你走！"张顺在旁边恨得牙痒痒，但

也不敢发作。

安道全说："不走不行啊。"

情人说："你要是走了，就永远别来找我！"

安道全有点犹豫了，此时，张顺的怒气已经冲上脑门，心想："我一把鼻涕一把泪，好容易才说服安道全，你倒好，三言两语就让我的努力都白费了。"想到这儿，张顺拔出刀，上去就给了安道全的情人一刀，对方当场毙命。

安道全又生气又害怕，说："你这是干什么？"

张顺恶狠狠地对安道全说："人我已经杀了，现在你有两条路，第一条路是跟我上梁山，以后也别下来了，就在梁山上当军医吧。第二条路是留在此地，等官府来找你，他们一定会认为是你杀了这女子，到时候你准备上刑场吧。"

安道全想了半天，觉得张顺说得一点没错，别人一定会认为是自己杀了这个弱女子，到时候自己就成了杀人犯，秋后问斩那是没跑了。于是，他赶紧对张顺说："好汉，好汉，我跟你上梁山，我跟你上梁山。"

张顺也不客气了，说："那还啰唆什么？走啊！"

安道全跟在张顺身后，一路跌跌撞撞地上了梁山。他的人品虽然不咋地，但医术的确高超，很快就治好了宋江的病。之后，他还救过许多梁山好汉。张清攻打辽国时被射中咽喉，受了这么严重的伤，一般是死定了，但安道全生生地把他从鬼门关里拉了回来。

安道全不仅能救人，也能杀人。宋江招安之后，被派去攻打田虎。田虎手下有一员猛将，叫邬梨，此人武功高强，但是却被安道全用一贴膏药给毒杀了。

在诸多梁山好汉中，安道全的结局可能是最好的之一了。他高明的医术得到了皇帝的认可，被皇帝招进太医院，当了御医。从一个乡村野郎中变成御医，安道全堪称一步登天。回想起当年张顺拉自己上梁山的情形，安道全感慨万千地说："没想到，张顺才是我命中的贵人啊！"

王定六

失望的“中二”少年

姓　名	王定六
绰　号	霍闪婆
星　号	地劣星
梁山排名	104
动物形象	羚羊
人物简介	王定六最大的特点就是身形矫健，动作敏捷，如同灵活的羚羊。他本是个向往正义的少年，但是却看尽了人间的黑暗。

在张顺去请安道全的过程中，还发生了一桩意外。正是这桩意外，让王定六也上了梁山。

王定六，江湖人称霍闪婆。这个绰号是什么意思呢？在当时，“霍闪”指的是闪电，“霍闪婆”就是动作快得像闪电的意思，堪称羚羊一样敏捷的人物。

王定六和老爹相依为命，他老爹在江边开一家小酒馆，收入微薄。当地有个家伙叫张旺，此人跟张横一样，弄了一条船假装船夫，抢劫坐船的客人。张旺觉得王定六身手不错，是当强盗的好苗子，便想请他入伙。王定六天生侠义心肠，不愿意

做这种拦路抢劫的勾当，便拒绝了他，说："我不当小毛贼，就算当贼，也要像梁山好汉一样，行侠仗义，替天行道！"

张顺去请安道全的时候，不巧坐上了张旺的船。由于连日赶路，实在太累，张顺便在船上睡着了，张旺趁机把张顺绑成了螃蟹。张顺醒来，见自己被五花大绑，张旺则在旁边笑眯眯地看着自己，他瞬间就明白发生了什么，因为这种买卖他当年也没少干。"敢情今天是遇到同行了"，张顺心里想。

张旺说："你是想吃……"

"板刀面还是馄饨？对不对？"张旺话还没说完，张顺便接口说道。

张旺愣了一下，说："你别抢我台词好不好！"

张顺没工夫跟他啰唆，说："我想吃馄饨。"

张旺又愣住了，说："你知道什么是馄饨？"

张顺心想："我太知道了，当年我可没少请人吃馄饨。"于是便说："知道，知道，馄饨就是把我扔水里，淹死。"

张旺心想，今天碰到行家了。他对张顺说："那我可就不客气了！"

张顺说："您别客气，赶紧把我扔水里淹死吧。"

张旺把张顺扔到水里，心想："今天这劫打的，太没成就感了。"正想到此，他突然拍了一下大腿，说："让这小子给我弄糊涂了，光顾跟他说话，还没把他身上的钱财搜出来，就扔下水了！”他朝着水面望去，只见张顺已经沉到水底不见了。张旺只好狠狠地鄙视了自己一顿。

张顺被扔下水，却一点也不慌。别忘了，他绰号叫浪里白条，水下功夫极其了得，江湖传言说他能在水底下睡觉、吃饭。张顺下到水底，自己解开绳索，很轻松就游到了岸边，见岸边有家小酒馆，他便走了进去。

这家小酒馆正是王定六家的。王定六见一个人湿淋淋走进来，赶紧问：“客官，怎么湿成这样了？”

张顺说：“刚才掉水里了。”

王定六说：“我这里有干净衣服，你换上吧。我给你温点酒，驱一驱身上的寒气。”张顺换了新衣服，喝了温酒，果然舒服多了。

王定六又问：“敢问客官哪里来？”

张顺说：“山东！”

王定六瞬间来了精神，问：“你从山东来，那你知道水泊梁山吗？”

张顺心想：“怎么？他看出我是梁山好汉了吗？难道他想报官抓我？”于是便说：“知道一点儿。”

王定六眉飞色舞地说：“听说那水泊梁山的好汉劫富济贫，除暴安良，是不是这样？”

张顺有些惭愧，心想：“我们劫富倒是经常劫，济贫嘛，没咋济。”但他嘴上却说：“听说是这样，梁山好汉大头领叫宋江，是个很仁义的人。”

王定六又说了：“我的理想就是有朝一日能上梁山，跟着众位好汉一起替天行道。”

张顺心想：“上梁山还不简单？”他对王定六说：“实不相瞒，我就是梁山张顺，此次下山是为了请神医给我大哥宋江治病。你要上梁山，等我办完事跟着走便是。”

王定六高兴极了，便在酒馆等着张顺。张顺请了神医安道全，果然带着王定六上了梁山。

在王定六的想象中，梁山是一个理想家园，山上的好汉都有情有义，从来不欺负弱小，只会劫富济贫，除暴安良。但是当他上了梁山之后，才发现事情不是这样的，梁山好汉也是寻常人，有的甚至比寻常人更自私、阴暗。王定六很失望，去问张顺：“不是说要劫富济贫吗？”

张顺懒洋洋地说：“附近的富人都被我们劫完了，还去哪劫富呢？”

“那为什么不去济贫呢？”王定六问。

张顺说：“劫不到富人，哪有钱济贫？”

王定六还不死心，问：“就算不济贫也就罢了，为什么有时候还去抢穷人钱财？”

张顺有点儿不耐烦了，说：“大哥，要吃饭的嘛！不去抢，哪有饭吃？”说完这句话，他或许是嫌王定六太啰唆，转身离开了。

王定六愣在当地，自言自语道：“从来就没有什么好土匪、坏土匪，土匪就是土匪！”

单廷圭·魏定国

特种兵出击

姓　名	单廷圭、魏定国
绰　号	圣水将、神火将
星　号	地奇星、地猛星
梁山排名	44、45
动物形象	河狸、黑鸢
人物简介	单廷圭跟河狸一样，喜欢“玩水”，他之所以叫“圣水将”，就是因为善于水攻。但是遇到梁山好汉，他的招数就失去了作用；魏定国则喜欢“玩火”，为了打胜仗，他经常采取火攻的手段。就如同自然界的黑鸢，为了猎食会主动引火，烧毁整片森林。

宋江第二次攻打北京城，犯了背疮，打到一半就回了梁山。等安道全给他治好病，他又带领梁山好汉们卷土重来，并最终攻破城池，救出了卢俊义。

朝廷得知北京城被攻破，非常震惊。当时有官员说：“梁山这么厉害，咱们不如实行招安，让梁山好汉为朝廷效力。”丞相蔡京却极力反对招安，他推荐了两位武将去征讨梁山，一个叫单廷圭（shàn tíng guī），一个叫魏定国。

关胜、索超那样的名将都被梁山打败了，这单廷圭、魏定国又有什么本事，能打下梁山来呢？原来，这两人的武功虽然一般，但是都有特长。单廷圭擅长水攻，跟河狸似的，会修建大坝；魏定国善于火攻，跟黑鸢似的，会引火。

蔡京可能是觉得正规军打不赢梁山了，所以想搞点“特种兵”试试。但是他的计划并不被其他朝廷官员看好，以至于皇帝召见单廷圭、魏定国时，朝堂上的许多官员看到他俩都露出了不屑的表情，似乎在说：“就凭你们俩，也想征讨梁山？”

单廷圭、魏定国很不爽，心想：“一定要拿出点战绩来，给这帮狗官看看。”他们忘了，自己也是“官”。

单廷圭、魏定国前来进攻梁山，宋江问众好汉：“谁去迎战？”

大刀关胜说：“我去！”

于是，宋江便派关胜带着宣赞、郝思文下山。为防止关胜出现意外，又派林冲、杨志去接应。

关胜遇到单廷圭、魏定国，双方大战起来。那两位“特种兵”的确有两把刷子，竟然活捉了关胜手下的宣赞、郝思文。关胜损失了两员大将，心想：“这单廷圭、魏定国比想象中的厉害多了，我得用点儿计策，以智取胜。”于是，他在阵前向单廷圭发起挑战，与对方大战了几个回合，假装不敌，转身就跑。

单廷圭紧追不舍，关胜见单廷圭和魏定国两个人拉开了距离，彼此不能相帮，便猛然回头，一个“回马刀”就砍到了单廷圭的背上，把他砍下了马。

单廷圭眼看关胜大刀砍过来，躲闪不及，心想这下死定了。紧接着，他掉下了马，摔得挺疼，但是摸了摸背后，没有伤口！

为什么呢？原来关胜不想杀单廷圭，刚才那一刀，是用刀背砍的。见单廷圭摔落在地，关胜赶紧下马扶他起来，并且很客气地说：“将军恕罪。”

单廷圭心想，人家饶了我一命，还跟我这么客气，这还有啥说的！于是跪倒在地，嘴里说：“感谢不杀之恩，我愿意投降！”关胜很高兴，拉着单廷圭一同上了梁山。远处的魏定国看得眼都直了，脑子也乱了，心想：“这什么情况？单廷圭咋跟着关胜走了？我是谁？我在哪？我该怎么办？”想了半天，他决定先撤兵到凌州城，伺机而动。

第二天，关胜带领军队进攻凌州，只见魏定国派出一队士兵应战。这些士兵每人都背着一个铁葫芦，葫芦里是火药，还推着五十辆车，车上都是干柴。关胜不知道对方耍什么把戏，直接杀了过去，结果对方却放起火来，把关胜的兵马烧得够呛。

这时凌州城中突然着起大火，原来是梁山好汉李逵从另一个方向攻破了凌州，在城中杀人放火。魏定国一看凌州失守，赶紧带着军队跑了。

关胜对单廷圭说：“魏定国的火兵挺难对付的，要是强攻的话，会死不少人。”

单廷圭自告奋勇，说：“我去劝劝他，让他放弃抵抗，一起上梁山。”关胜很高兴，便让单廷圭去劝降魏定国。单廷圭来到魏定国的大营，对魏定国说：“现在你也看出来了，梁山好汉实力很强，打是肯定打不过了。如果打输了回京城，朝廷里那些看咱们笑话的狗官一定会落井下石，到时候恐怕难以活命，不如投降吧。”

魏定国说：“投降可以，但是你说不行，得让关胜亲自来和我说！他要不来，我宁死不降！”

单廷圭回去把魏定国的话转告给关胜，旁边的林冲说：“关大哥，他让你去他大营中，恐怕是想趁机害你！”关胜说：“那魏定国也是条好汉，我不信他会害我。”于是，便单枪匹马来到魏定国的军营中，劝他投降。魏定国的确讲信用，见关胜来了，便投降了。

单廷圭、魏定国两人一起投降梁山，还都带了自己的“特种兵”。梁山上从此多了两支特殊的部队。

鲍旭·焦挺

傻人有傻福

姓　名	鲍旭、焦挺
绰　号	丧门神、没面目
星　号	地暴星、地恶星
梁山排名	60、98
动物形象	猪、角马
人物简介	鲍旭与李逵一见如故，就如同家猪与野猪相遇，总能在对方身上找到一些共同点。他们两个本来就是同类人；焦挺如同角马，仗着头上有根角，什么样的野兽都敢怼。就连李逵那样的莽汉，焦挺也丝毫不怵。

单廷圭、魏定国来攻打梁山时，宋江派关胜、林冲等人前去迎战。看着别人摩拳擦掌地下山，李逵也跳了出来，说：“宋江哥哥，俺也要去。”

宋江说：“用不着你，已经派得力的将领去了！”

李逵说：“俺铁牛快闲出病来了，你不让俺去，俺就自己下山！”

宋江说：“你敢！违抗军令，我砍你的头！”

李逵见宋江发狠，闷闷不乐地走了出去。第二天，有小

喽啰报告:“李逵昨天夜里拿着两把板斧，自己下山去了。”宋江很惊讶，说:“我昨天说了他两句，他会不会去投奔别人?”

吴用说:“李逵虽然鲁莽，但是很讲义气，不会当叛徒的。”说罢就命令戴宗等人下山去寻找李逵。

正如吴用所说，李逵虽然鲁莽，但是却没有叛变的想法。他半夜下山，是想去打仗立功。李逵一边走一边想:“朝廷派来两个鸟官，还值得那么多人马去打?俺铁牛去给他一斧子，不就解决问题了?到时候也让宋江哥哥看看我的厉害!”

李逵走出去很远，肚子饿了，见有家酒店，便进去吃饭。吃完饭人家管他要钱，李逵理直气壮地说:“没钱!”

店主听了这话顿时火冒三丈，说:“你敢吃霸王餐?你知道这是谁开的酒店!”

李逵说:“我吃霸王餐不挑地方，谁开的酒店都照吃!”

店主说:“告诉你，我就是梁山好汉韩伯龙!”

韩伯龙这番话当然不是真话，但也不全是假话。他本来是要上梁山入伙，找朱贵帮忙引荐，可是那段时间宋江正好病了，朱贵说:“等几天再说，这段时间你先帮我卖酒吧。”因此，韩伯龙就把自己当梁山好汉了。

李逵可不知道其中内情，心想，俺天天在梁山上，却从来没见过你，还敢说自己是梁山好汉!想到这儿，他作势把板斧递给韩伯龙，说：“身上实在没钱，我把两把斧子押给你好不好？”

韩伯龙不知道李逵人品有多差劲，还信以为真去接板斧，结果李逵突然举起斧子朝他劈了过去。两人离得近，又没防备，韩伯龙根本躲不开，当场就死了。李逵杀完人扬长而去。

李逵酒足饭饱，哼着小曲儿走在路上，迎面走过来一个人，眼睛直勾勾盯着他。李逵被看得有些发毛，说：“你瞅啥？”那人也不服软，说：“瞅你咋的！”李逵二话不说上去就打，结果被那人一招放倒；刚想站起来继续打，又被那人一脚直接踢趴下了。李逵趴在地上说：“俺打不过，认栽了。”

那人问：“你叫什么？”李逵说：“说出来吓你一跳，我乃梁山好汉黑旋风李逵。”那人很吃惊，说：“小弟是焦挺，江湖人称没面目。”李逵看了看他，说：“你明明有脸有眼，为啥叫没面目？”焦挺说：“虽然有脸，但是没面子，虽然有眼，但是没目的。我本来想去投奔梁山，但是没有门路，今天遇到李大哥，愿意做你的手下。”

这下李逵得意了，说：“好，那你跟我走，咱们先去干一件大事。”焦挺问：“什么大事儿？”李逵说：“最近朝廷派了两个人领兵攻打梁山，我去把他们杀了！”

焦挺心想，就你这点功夫，还想去杀朝廷的大将，那不

是自寻死路吗？嘴上却说：“大哥果然英勇，可是就咱们两个人去，是不是有点势单力薄？”李逵想了想，说：“附近枯枝山上有一伙土匪，为首的叫鲍旭，我去找他，让他带着手下那五百小喽啰跟咱们一起去。”

李逵和焦挺二人赶往枯枝山，见到了鲍旭。焦挺一看鲍旭，心里就蹦出来两个字——“真丑”。鲍旭长得又肥又胖，体型跟李逵差不多，两人倒像是天造地设的一对好兄弟。他与李逵越聊越高兴，越聊越投机，最后两人一拍即合：“走！咱们去攻打凌州，砍了单廷圭和魏定国两个狗官！”

焦挺无奈，只好跟着一起走。

有句话叫“傻人有傻福”，李逵、鲍旭两个人莽撞地去攻打凌州，本来是不可能成功的，但是当时关胜也在进攻凌州，吸引了敌人的大部分火力，他俩带着军队从城后方发起进攻，根本就没有遇到像样的抵抗，竟然真的让他们攻破了凌州。李逵得意极了，带着焦挺、鲍旭回到梁山。

从此，梁山上又多了两条好汉，一个是没面目焦挺，另一个就是丧门神鲍旭。

地煞 段景住

小人物引发大事件

姓　名	段景住
绰　号	金毛犬
星　号	地狗星
梁山排名	108
动物形象	金毛犬
人物简介	段景住绰号金毛犬，星号“地狗星”，在《水浒传》原著中出场不多，形象较为模糊。他所谓的“梁山献马”，实际上只是因为被曾头市“黑吃黑”劫去宝马，想挑唆梁山为其报仇而已。他的这一祸水东引之举，引发了晁盖战死、梁山易主等一系列重大事件，可称是“小人物引发大事件”的典型代表。

段景住是个小人物，但是由于他的出现，梁山上发生了一件天大的事。

段景住，江湖人称金毛犬，只因为他长了一头金黄色的头发。他的职业很不光彩，是个盗马贼。当时，宋朝的北方是辽国、金国，这两个国家盛产马匹，宋朝缺少可以养马的地方，因此马匹稀少且珍贵。段景住就在辽国、金国偷马，然后运回宋朝卖，从中赚了不少钱。

其实，我们可以把古代的马匹想象成今天的汽车，都是极其重要的交通工具，所以要是放到今天，段景住就相当于偷车贼。有一次，段景住在金国偷到一匹举世无双的宝马——照夜玉狮子马。这匹马原本是金国王子的坐骑，可以日行千里，比戴宗还能跑，是当时最好的宝马良驹，相当于现在的“总统座驾”。

有了这么一匹宝马，段景住却不想把它卖掉，而是要送给宋江，这是为什么呢？因为段景住觉得，当偷马贼没啥前途，要是能上梁山落草就好了。可梁山头领都是好汉，怎么可能让一个偷马贼当头领？于是便想送份大礼。明白了吧？其实就是想通过“贿赂”宋江，好在梁山上谋个管理层的职位。

段景住拉着宝马去梁山，半路上走到一个叫曾头市的地方。此地虽叫“市”，但却不是“城市”的市，而是“市场”的市，实际上是一个商业比较发达的镇。曾头市的领导者叫曾弄，他不是朝廷任命的官员，而是靠着自己的武力霸占了这个地方。在他的经营之下，曾头市逐渐发展成一个地方军阀势力，拥有一万多匹军马。

曾弄有五个儿子，曾涂、曾密、曾索、曾魁、曾升，被称为“曾家五虎”，各个功夫了得。他又请来了两个豪杰当军马教头，一个叫史文恭，一个叫苏定。这两人武艺高强，都是一等一的武林

高手。

段景住拉着宝马路过曾头市，被曾家五虎看见了。他们看见宝马就如同老虎看见羊，鬣狗看见肉，眼睛直勾勾地盯着，嘴里口水直往下淌。这些人在当地横行霸道惯了，见了好东西便想要占为己有，不出所料，他们把段景住打了一顿，抢走了照夜玉狮子马。

段景住的宝马被抢跑，气得要死，他心道，想要报仇，必须得请梁山好汉出马。于是便跑到梁山，将自己要来献马、半路上被曾家五虎抢走的事告诉了梁山好汉，还添油加醋地说：“我说这匹马是要送给梁山好汉的，他们说梁山好汉算什么东西，来了我曾头市照样被打！”

当时的梁山大首领晁盖听了这番话，气得七窍冒烟，便要带着兵马下山，去攻打曾头市。宋江不同意晁盖去攻打曾头市，说：“哥哥是山寨的大头领，不可轻易出马，我带兵去打！”晁盖心想：“自从你上山以后，打哪都是你挂帅，梁山的风头都让你一个人占了，江湖上只知道有宋江，不知道有晁盖，这一次我一定要亲自出征。”于是，他执意带着兵马下山攻打曾头市。

晁盖低估了曾头市的战斗力。在与曾头市作战时，他被史文恭的一支毒箭射中，只好返回梁山，回去不久便毒发身亡。

晁盖死了之后，宋江才有机会成为梁山大头领；因为他成了大头领，所以才有权力带领梁山好汉们接受朝廷招安；因为接受了朝廷的招安，所有梁山好汉们的命运都被改变了。

而这一切变数的诱发因素，正是段景住“送马上梁山”这一小小举动。所以说，段景住虽然是个小人物，但却无意中决定了所有人的命运。

郁保四

史上著名抢劫犯

姓　名	郁保四
绰　号	险道神
星　号	地健星
梁山排名	105
动物形象	骆驼
人物简介	郁保四这人不得了，他抢了梁山好汉的马匹，居然还能活下来，而且后来竟也成了梁山好汉之一。这生存能力太强，堪比骆驼！

从来都是梁山好汉打劫别人，谁也未曾想到，有朝一日，梁山好汉居然被别人打劫了！这个神人，名字叫郁保四。

话说段景住上梁山后，宋江交给他一个任务——去北方贩马，以壮大梁山的实力。这事儿段景住在行，他乐滋滋地上路了。到了北方，顺利采买到200匹战马，牵着马匹浩浩荡荡地回梁山老家。没料想路过青州时，所有的马都被郁保四劫走了。

郁保四是青州本地人，个子特别高，《水浒传》里说他身高一丈，就是三米，比姚明还高八十厘米，这可能有些夸张了。体型也特别健硕，据说他的腰很粗，两个人手拉手才抱

得住。

郁保四手下有上百号小喽啰，盘踞在青州地面拦路抢劫，无恶不作。早些年，他还不敢太嚣张，因为二龙山、桃花山等一大批土匪都在青州，鲁智深、杨志、武松等人，他哪个也惹不起。但是后来这些人都上了梁山，他瞬间感觉自己在青州地面无敌了，愈加胆大妄为，居然一次就抢了 200 匹战马。

郁保四抢完之后才知道，这些战马是梁山买的。他有点慌，心想得罪了梁山好汉，这下要玩儿完。怎么办呢？给梁山送回去？郁保四觉得自己作为一个土匪，抢了东西再吐回去，有点对不起自己的职业。可是自己留着吧，他又不敢，最后想出一个好办法——把战马都送给曾头市。他是这么想的：“我把战马送给曾头市，梁山就会去找曾头市的麻烦。曾头市那么厉害，梁山也不见得打得过，所以我很安全。”

郁保四的想法倒也没错。宋江得知战马被抢，而且落到曾头市的手中后，瞬间愤怒了，对其他好汉说：“曾头市杀死晁盖大哥的仇还没有报，现在又抢我们的战马，是可忍孰不可忍……”于是，他大举进军曾头市。

梁山军队与曾头市展开大战，曾头市虽然有“五虎”，又有史文恭等高手，但是架不住梁山上高手更多。在战斗中，梁山好汉斩杀了曾家五虎之一的曾密，打败了曾头市的军队。曾弄知道这样下去一定会以彻底的失败告终，便向梁山求和。

宋江对曾弄说：“求和可以，但是有两个条件。第一，把梁山的 200 匹军马还回来；第二，把郁保四交出来。”曾弄心想：“不就是战马吗？反正是郁保四送的，还回去就还回去。至于郁保四，更是无足轻重的小人物，交给梁山有什么可惜的？”

就这样，打算用战马讨好曾头市的郁保四，被曾弄毫不留情地出卖了，还被五花大绑送到梁山军营。

被绑到梁山军营之后，看着周围凶神恶煞的梁山好汉，郁保四以为自己肯定完蛋了。但没想到宋江笑眯眯地走过来，亲自给他松绑。郁保四心想，这是哪一出？此时宋江开口了，说：“郁保四，你如果能帮我一个忙，那么以前的恩怨我们既往不咎，而且还请你上梁山当头领。”

郁保四为了保命，什么事都愿意干，说：“宋江大哥要我做什么？”

宋江说：“曾头市求和，只不过是缓兵之计，将来他们还会和梁山大动干戈，所以我们要先发制人。你一会儿回曾头市去，就跟他们说你是自己逃回去的，然后告诉他们，现在梁山军营中守卫不严，如果趁着夜色去突然袭击，一定能打败梁山军队！听懂了吗？”

郁保四刚被曾头市出卖，本来就有气，所以忙不迭地说：

“宋大哥放心，我懂了，全按你说的办。”郁保四回到曾头市之后，果然把宋江教他的话都传达给了曾弄，曾弄派史文恭趁着夜色进攻梁山大营。

当史文恭率领兵马冲进梁山大营时，发现对方早就知道自己今晚要劫营，准备好了陷阱、包围圈等着呢！史文恭手下的士兵死伤无数，他仗着武艺高超杀出一条血路，想要返回曾头市，却发现梁山好汉趁着曾头市兵力空虚，与郁保四里应外合，已经攻破了曾头市。

史文恭只好逃走，半路上遭遇卢俊义。史文恭是高手不假，但卢俊义可是水浒第一高手。两人交手没几个回合，史文恭就被卢俊义砍落马下。

郁保四虽然抢过梁山军马，但是因为攻打曾头市有功，因此被梁山所接纳，成为梁山好汉。

天罡 董平

我先打个广告

姓　名	董平
绰　号	双枪将
星　号	天立星
梁山排名	15
动物形象	花豹
人物简介	董平武艺高超，心灵手巧，人称“风流双枪将”，三教九流无所不通，品竹调弦无有不会，并且总把自己打扮得花哨俊俏，堪称动物界的花豹。在梁山上，他是梁山“马军五虎将”之一，属于梁山最强战力序列。

在梁山与曾头市的战斗中，卢俊义杀死了史文恭。史文恭是杀死晁盖的罪魁祸首，按道理说大仇得报，梁山好汉应该很高兴才对，可其实大家都很苦恼。

晁盖临死前曾经留下遗嘱——谁杀了史文恭，谁就是梁山下一任大头领。如果遵照晁天王这个遗愿，那么卢俊义理应成为水泊梁山的新任大头领。

可是宋江是梁山实际上的二号人物，而且又是江湖威望最高的那个人，所有人都希望他成为梁山的新任领导，包括卢俊义。

打完曾头市，好汉们回到梁山，宋江便提出让卢俊义继任大头领。卢俊义坚决不同意，说："大头领的位置非宋江哥哥莫属。"两个人相互谦让了半天，也没谦让出个结果来。

最后，好汉们想到一个办法：让宋江和卢俊义各带领一支军队，分别进攻东平府和东昌府，谁先打下来，谁就当大头领。于是，他二人各自带领军队出征了。

宋江负责攻打东平府。当时东平府的守将叫董平。

董平擅使双枪，武功高强，人也长得精神，仪表堂堂。优秀的人更容易自恋，董平就特别自恋。他出征打仗时，经常背着一面旗子，旗子上写着一副对联："英雄双枪将，风流万户侯。"人们看到都惊呆了，心想，冲锋打仗的将军还要自带广告吗？

董平长得帅，武功高，但是人品却不敢恭维。东平府有两个主要官员，武官是董平，文官叫程万里。程万里有个女儿，是大家闺秀，长得很漂亮，董平垂涎已久，屡次上门提亲均被拒绝。现在梁山好汉前来攻打东平府，程万里请董平出战，董平却趁机要挟："想要让我卖命，先把闺女嫁给我！"

程万里私下里发牢骚："我从未见过如此厚颜无耻之人！"但现在有求于他，实在没办法，便含糊说："等打退了梁山贼寇再说吧。"董平这才愿意出战。

宋江率军来到东平府外，先派郁保四去劝降。这郁保四

和董平早就认识，算是老朋友，结果董平却说：“来人，给我砍了！”还是程万里站出来说：“两军交战，不斩来使。”郁保四这才保住性命。

董平为了早日迎娶程万里家的小姐，迫不及待主动出战，在城外遭遇梁山大军。他先是和韩滔交手，结果宋江发现韩滔似乎不是董平的对手，便叫韩滔回来，派徐宁出战。

董平自视甚高，自以为天下无敌，但是遇到徐宁却根本无法取胜。宋江见董平武功不错，动了惜才之心，因此想要收服他，便主动把徐宁叫了回来。董平不知好歹，继续纵马追击，却被梁山兵士设下的绊马索绊倒。扈三娘、孙二娘两位女将杀了出来，活捉了董平。

你以为董平这么勇猛，一定是条铁骨铮铮的硬汉？完全不是！他被活捉后，立刻给宋江下跪表忠心，表示愿意归顺梁山，还带领着梁山军队攻破了东平府，杀死程万里，抢了程万里的闺女当老婆。

董平其人虽然武功高、长得帅，但还是掩盖不了他是个小人的事实。梁山排座次时，董平排在第十五位，星号天立星，与关胜、林冲、秦明、呼延灼并居马军五虎将，董平居末。

可见，所谓梁山好汉也未必都是真正的好汉。人都是多面的、复杂的，要真正客观地去评判一个人是非常困难的。

张清·龚旺·丁得孙

就喜欢你看不惯我又干不掉我的样子

姓　名	张清、龚旺、丁得孙
绰　号	没羽箭、花项虎、中箭虎
星　号	天捷星、地捷星、地速星
梁山排名	16、78、79
动物形象	眼镜王蛇、老虎、老虎
人物简介	张清的暗器如同眼镜王蛇喷出的毒液——百发百中，威力巨大，许多梁山好汉曾被他打得没脾气，因此在梁山上人缘一般；龚旺虽有老虎的勇猛，但他还是得依靠张清才能打胜仗；丁得孙也会使暗器，但和张清比起来，他的暗器功夫就有点上不了台面了。

宋江打下东平府，那边的卢俊义还未拿下东昌府，所以，宋江已经成为继晁盖之后的新任梁山大头领。接下来，志得意满的宋江带着兵马去支援遇到麻烦的卢俊义。

东昌府的守将是没羽箭张清，他手下有两员大将，一个是花项虎龚旺，另一个是中箭虎丁得孙。张清功夫一般，但特别会扔石头——大家不要小看这个技能，要是一个人能把石头扔到五十米开外，还百发百中，那谁还敢惹他？卢俊义最早派郝

思文迎战张清，结果郝思文连张清长什么样都没看清楚，就被一块小石头打到头上，当场落马。卢俊义又派项充出战，结果被张清手下的丁得孙用飞叉射中。卢俊义无奈停止了进攻，一直等到宋江前来增援。

宋江刚攻破东平府，自信也能轻易拿下东昌府。第一战，他派徐宁出战。张清先和徐宁打了几个回合，发现徐宁武功的确厉害，骑马便跑。徐宁纵马追赶，张清猛然回头，一石头飞到徐宁头上，砸得徐宁脑震荡，从马上跌了下去。

第二战，宋江派燕顺出战。燕顺武功太差，近战都没打过张清。他打不过就想跑，结果被张清一石头砸到后背。

第三战，宋江派韩滔出战。张清远远一石头，砸到韩滔鼻子上。韩滔鼻血喷涌而出，赶紧找个棉花球塞一塞。打到这儿，宋江有点儿怕了。他没想到张清暗器技能这么厉害，简直无解，正要收兵，宣赞站出来说：“我上！”

第四战，宣赞出场。宣赞很嚣张，对张清喊道：“别人怕你，我可不怕！”张清就讨厌嘴硬的，瞄准宣赞的嘴来了一石头，宣赞门牙顿时掉了好几个。宣赞本来就丑，现在成了豁牙子，更没法看了。

第五战，宋江派出猛将呼延灼上场。呼延灼提着大刀刚冲出来，就被张清打中手腕，连刀都拿不稳了，赶紧撤。

第六战，宋江改变策略，派步兵首领刘唐出战。没有意外，刘唐又挨了张清一石头，还被活捉。

第七战，杨志出场。杨志武功确实高，张清打了一石头，他躲开了，又打了一石头，他又躲开。但是杨志却不敢再上，他知道自己无法靠近张清。

第八战，宋江觉得一对一收拾不了这小子，便派出朱仝、雷横两个人一起上。张清一顿乱石飞出，两人都被打倒。关胜怕二人被张清捉住，赶紧骑马来救，这一阵算是没有完败。

刚刚投降梁山的董平见别人都奈何不了张清，心想现在正是他大展神威的时候，于是骑马杀出，直取张清，结果却被张清一石头打中耳朵，帅小伙董平差点成了“一只耳”。

第十一战，索超出马，被石头打中面门，非常狼狈。

宋江彻底绝望了，被一个人连胜十一阵，这种事自从梁山聚义就未遇到过，只好命令全军撤退，回去想想办法再来。吴用给宋江出了个主意：“咱们假装运粮，把张清引到河边，然后将他赶下水，必能擒获！”

第二天，张清发现梁山开始往大营运送军粮。张清心想怎么着，还打算置办年货在我这儿过年吗？为了防止敌人得到粮食补给，张清决定主动出击。当时负责运粮的是鲁智深，张清见鲁智深脑袋亮得发光，照着秃头给了一石头，把鲁智深打得

鲜血直流。

抢了鲁智深的粮草后，张清又去抢阮家兄弟押运的粮草。阮家兄弟的粮草在船上，张清来到水边准备抢粮，结果中了林冲的埋伏，不慎落入水中。一旦落水，张清的飞石功夫施展不出，被阮家兄弟轻松活捉。他手下的龚旺、丁得孙也一同被擒。

张清被带到梁山兵营，只见一帮包着头、捂着嘴、遮着耳朵、揉着手腕的梁山好汉怒火冲天、咬牙切齿地围了上来。这在梁山历史上还是头一回，可见这帮人的确被张清收拾得够呛。尤其是鲁智深，头上顶着纱布，大喊大叫地跑过来，说："可恨可恨，专挑和尚的光头打，这小子忒缺德，看我不杀了他！"此时宋江出现，他劝退了众人，对张清说："只要你愿意归顺梁山，我保证弟兄们不会报仇，对你以礼相待。"

张清心想，听这意思，如果我不答应，就得长眠在此了呗？为了保全性命，张清只好归顺梁山。虽然在宋江的约束下，没有人敢找张清的麻烦，但是很多人只要一看见张清，就怒目相对。尤其是宣赞，被张清打掉门牙，那时候又没有补牙技术，他只好豁着牙生活，说话都漏风。

从此之后，张清成了梁山上最不受人欢迎的好汉，除了龚旺和丁得孙，没人愿意和张清玩。

地煞

皇甫端

我台词少，但我也是主演

姓　名	皇甫端
绰　号	紫髯伯
星　号	地兽星
梁山排名	57
动物形象	狮子
人物简介	皇甫端长得特像外国人——金发碧眼，白肤黄须，颇有几分狮子相。作为梁山上唯一的兽医，他是最后一位上梁山的好汉。有趣的是，皇甫端也是《水浒传》中唯一一个没有一句台词的好汉。

由于在梁山上太不受欢迎，张清想改善一下和众位好汉的关系，所以他很贴心地给梁山推荐了一位兽医——皇甫端。

当时梁山上军马很多，难免有些马会生病，安道全作为梁山上唯一的医生，给人看病他很在行，给马看病就无能为力了，所以梁山需要一个兽医。

恰巧皇甫端是很好的兽医，他来自北方，长了一头黄头发，眼睛是绿的，跟狮子一样。来到东昌府之后，由于长相奇怪，别人都不愿意和他接触，只有张清对他很好，二人成了要好的朋友。皇甫端无父无母、无妻无儿，只有张清和他关系好，所以当张清请他上梁山时，他很爽快地就答应了。

到了梁山上之后，公孙胜清点人数，发现已经有 108 位好汉了。他很高兴地对宋江说：“宋大哥，当年我师父告诉我，会有 108 位魔王在梁山上相聚，今天我们正好凑够了一百单八之数！这就是天意啊。”

宋江也很高兴，说：“既然是天意让我们在此相聚，那我们就要向上苍祈福！”于是，在公孙胜的带领之下，梁山好汉开坛做法，共同向上苍祈福。正在众人祈祷之时，只见天上突然掉下一个大火球，落到梁山正南方向。宋江说：“这一定是上天的启示，我们去看看。”

众人来到火球掉落的地方，发现什么都没有。公孙胜说：“不如挖开土地看看。”宋江命令小喽啰开挖，挖到三尺深的时候，发现了一块石碑。众人把石碑抬上来，只见上头写着“替天行道、忠义双全”八个大字，还有许多小字。仔细查看，发现那些小字竟是梁山 108 位好汉的名字，以及相应的“星号”。总共有三十六天罡星、七十二地煞星，分别是：

天罡星

天魁星 及时雨宋江

天罡星 玉麒麟卢俊义

天机星 智多星吴用

天闲星 入云龙公孙胜

天勇星 大刀关胜

天雄星 豹子头林冲

天猛星 霹雳火秦明

天威星 双鞭呼延灼

天英星 小李广花荣

天贵星 小旋风柴进

天富星 扑天雕李应

天满星 美髯公朱仝

天孤星 花和尚鲁智深

天伤星 行者武松

天立星 双枪将董平

天捷星 没羽箭张清

天暗星 青面兽杨志

天佑星 金枪手徐宁

天空星 急先锋索超

天速星 神行太保戴宗

天异星 赤发鬼刘唐

天杀星 黑旋风李逵

天微星 九纹龙史进

天究星 没遮拦穆弘

天退星 插翅虎雷横

天寿星 混江龙李俊

天剑星 立地太岁阮小二

天竟星 船火儿张横

天罪星 短命二郎阮小五

天损星 浪里白条张顺

天败星 活阎罗阮小七

天牢星 病关索杨雄

天慧星 拼命三郎石秀

天暴星 两头蛇解珍

天哭星 双尾蝎解宝

天巧星 浪子燕青

地煞星

地魁星 神机军师朱武

地煞星 镇三山黄信

地勇星 病尉迟孙立

地杰星 丑郡马宣赞

地雄星 井木犴郝思文

地威星 百胜将韩滔

地英星 天目将彭玘

地奇星 圣水将单廷圭

地猛星 神火将魏定国

地文星 圣手书生萧让

地正星 铁面孔目裴宣

地阔星 摩云金翅欧鹏

地阖星 火眼狻猊邓飞

地强星 锦毛虎燕顺

地暗星 锦豹子杨林

地轴星 轰天雷凌振

地会星 神算子蒋敬

地佐星 小温侯吕方

地佑星 赛仁贵郭盛

地灵星 神医安道全

地兽星 紫髯伯皇甫端

地微星 矮脚虎王英

地慧星 一丈青扈三娘

地暴星 丧门神鲍旭

地然星 混世魔王樊瑞

地猖星 毛头星孔明

地狂星 独火星孔亮

地飞星 八臂哪吒项充

地走星 飞天大圣李衮

地巧星 玉臂匠金大坚

地明星 铁笛仙马麟

地进星 出洞蛟童威

地退星 翻江蜃童猛

地满星 玉幡竿孟康

地遂星 通臂猿侯健

地周星 跳涧虎陈达

地隐星 白花蛇杨春

地异星 白面郎君郑天寿

地理星 九尾龟陶宗旺

地俊星 铁扇子宋清

地乐星 铁叫子乐和

地捷星 花项虎龚旺

地速星 中箭虎丁得孙

地镇星 小遮拦穆春

地稽星 操刀鬼曹正

地魔星 云里金刚宋万

地妖星 摸着天杜迁

地幽星 病大虫薛永

地伏星 金眼彪施恩

地僻星 打虎将李忠

地空星 小霸王周通

地孤星 金钱豹子汤隆

地全星 鬼脸儿杜兴

地短星 出林龙邹渊

地角星 独角龙邹润

地囚星 旱地忽律朱贵

地藏星 笑面虎朱富

地平星 铁臂膊蔡福

地损星 一枝花蔡庆

地奴星 催命判官李立

地察星 青眼虎李云

地恶星 没面目焦挺

地丑星 石将军石勇

地数星 小尉迟孙新

地阴星 母大虫顾大嫂

地刑星 菜园子张青

地壮星 母夜叉孙二娘

地劣星 霍闪婆王定六

地健星 险道神郁保四

地耗星 白日鼠白胜

地贼星 鼓上蚤时迁

地狗星 金毛犬段景住

看到石碑上有自己的名字，众位好汉又惊又喜。他们在梁山上建造忠义堂，并竖起了“替天行道”的大旗。

这是梁山最为强盛的时刻，但人生聚散荣辱无常，梁山一百单八将虽然得以相聚，凝结形成一股强大的势力，但每个人的命运都是各不相同的。未来，他们都将朝着自己的命运进发。